COLLECTION

L'IMAGINAIRE

Michel Leiris

Aurora

Gallimard

Et j'espérais la fin du monde
Mais la mienne arrive en sifflant comme un ouragan.

GUILLAUME APOLLINAIRE.

Je n'avais pas trente ans quand j'ai écrit Aurora *et le monde, lui, ignorait la peste brune. Sans trop de mauvaise foi, j'appelais une apocalypse et vouais le genre humain aux gémonies. Aujourd'hui, j'ai quarante ans passés et le genre humain a connu apocalypse et gémonies. Pas plus qu'un autre je ne m'en suis réjoui.*

Ce qui m'attache à Aurora *c'est, malgré le fatras d'allure symbolique et les rodomontades dans le goût « noir » ou « frénétique » dont cet écrit est rempli, l'appétit qui s'y exprime d'une inaccessible pureté, la confiance qui y est faite à l'imagination laissée dans son état sauvage, l'horreur qui y est affichée à l'égard de toute espèce de fixation ; le déni, enfin, qu'oppose presque chaque page à cette condition d'homme devant laquelle — si raisonnablement que la vie collective puisse être un jour aménagée — certains ne cesseront pas de se cabrer.*

Il était minuit quand j'eus l'idée de descendre dans cette antichambre triste, décorée de vieilles gravures et de panoplies. Les meubles usés sommeillaient dans des coins et les tapis moisissaient doucement, peu à peu rongés par un acide différent de l'eau-forte qui avait mordu les matrices d'où étaient issues les gravures, un acide éparpillé dans l'air comme un suint animal, aigre et mélancolique, à l'odeur d'anciennes lingeries fanées.

Le temps passait au-dessus de ma tête et me refroidissait aussi traîtreusement qu'eût fait un vent coulis. Mes oreilles encore pleines de paroles solennelles bourdonnaient et mes gencives salivaient, humectant mes dents que j'aurais pu croire déchaussées tant mes mâchoires étaient inertes. Je n'attendais rien, j'espérais moins que rien. Tout au plus avais-je l'idée qu'en changeant d'étage et de pièce, j'introduirais une fictive modification dans la disposition de mes organes, partant, dans celle de mes pensées.

Il n'était pas question de sentiment, ni de

douleur; je me moquais de tout et craignais tout
au plus de me heurter aux meubles. Je me
traînais littéralement, les yeux —ou plutôt les
cheveux —à 1 mètre 70 environ plus haut que le
tapis. Mon sexe était comme dilué, réduit en eau
ou en poudre d'ossements; mes jambes se tenaient
verticales comme deux monolithes oscillant au
centre d'un désert; mes bras ballaient, pareils à
des ficelles de fouet, des cadavres de pendus ou
des moulins à vent. Ma poitrine respirait et je
sentais le poids de mes viscères, cette pesanteur
aussi lugubre que celle d'une valise remplie, non
de vêtements, mais de viande de boucherie.

Etait-ce donc là que devait se situer l'ultime
aboutissement de tant d'orgueil, le butoir de
métal contre lequel devait se choquer, ainsi qu'un
train lancé, tout ce que j'aurais pu posséder de
tant soit peu humain? Je descendais vers cette
antichambre sinistre, suivant lentement un escalier
bordé d'une cordelière vieux rose qui remplaçait
la rampe et soulevait mon cœur d'une irrésistible
nausée. Encore quelques marches et, ayant cessé
de fouler le tapis, je serais sur les dalles.

Les dalles étaient rigidement équilibrées et liées
entre elles autant que peuvent l'être les plateaux
d'une balance, coupelles de cuivre, d'argent ou
d'un quelconque alliage, chargées de sacs de sable
rigoureusement égaux sans qu'il y ait le moindre
intérêt à les opposer entre eux puisque nécessairement —vu cette identité —ils feraient match nul.
Le sol ne laissait transparaître aucune trace de

cet invisible combat, réel pourtant, et que seuls me permettaient de présumer les battements de mon cœur, qui ferraillait parfois vaguement lorsqu'un souffle incertain secouait les panoplies. Une antique cuirasse rouillée pendait au mur de droite et de légères damasquinures y retraçaient une quelconque histoire, rébus décoloré par la mort du symbole qui, un beau soir, s'était enfoncé sous terre, sans aucun bruit et sans qu'aucun des convives de cette nuit-là y eût porté la plus faible attention. Contre le mur de gauche était placée une ennuyeuse crédence, pas assez moulurée pour que le regard pût le moins du monde s'y accrocher; une crédence muette, sourde et aveugle, au bois peigné et taraudé, vraie termitière forée dans une terre de silence, matière insensible entre toutes, sans consistance ni vérité.

A quelques centimètres au-dessus de ma tête, le temps passait, glissant parallèlement aux dalles et coulant le long des corridors dont il suivait servilement les contours et jusqu'aux plus invrai-semblables recoins. De temps à autre, une minus-cule souris s'enfuyait effarée, bien que mon pas fût tout à fait feutré, timide, précautionneux et mort, à l'image du mobilier qui m'entourait, perdu dans son rêve immobile dont seule pourrait le tirer une impossible horloge au cadran blanc de nuages et aux aiguilles de foudre condensée.

Il y avait vingt ans que je n'avais osé m'aven-turer dans ce dédale de l'escalier, vingt ans que je vivais strictement enfermé entre les cloisons décrépies du vieux grenier. Cent fois les araignées avaient filé leurs toiles, cent fois je les avais détruites, et elles avaient recommencé. Cette pièce au fond de laquelle je me tenais me communiquait un vain vertige et tout le jour je m'appuyais au mur pour ne pas tomber.

« C'est donc moi qui suis ce dérisoire anachorète, me disais-je, mes mains n'ont beau être que des rapaces, leurs serres n'en sont pas moins insuffisamment aiguës pour jouer un autre rôle que celui d'une grille afin que, comme un vulgaire ivrogne, je m'y retienne. Les quatre vents ont beau tonner dans le voisinage immédiat de mes méninges et de l'extrémité de ma chevelure, les éclairs qui naissent à jour fixe de la décomposition des morts ont beau illuminer ma face de leurs grandes lueurs phosphorescentes, je persiste à pourrir dans cet affreux grenier. Quel chaos de planches vermoulues, d'armoires éventrées, de tables de mauvais pitchpin, de vaisselle sale, d'oiseaux souillés et d'albums poussiéreux m'empêtre dans un flot de sortilèges qu'aucun sursaut jamais ne parvient à déjouer! Les portes tournent sur leurs gonds, les draperies remuent et je m'en aperçois à peine, enlisé que je suis dans le marécage implacable du plancher. Les lattes de bois tournent en boue; mes pieds s'y enracinent, mes jambes meurent et bientôt c'en sera fait de tout mon corps que ne marque aucun sceau de grandeur ou d'immortalité. Mes genoux s'entre-choquent, mes dents claquent de terreur, mes yeux sont comme des mouches qui se jettent dans les filets de toutes les araignées. Insectes insatiables, m'aurez-vous assez martyrisé ! Je voudrais être un fort chasseur au visage écarlate, aux lourds orteils bottés. Mes détonations donneraient la jaunisse au tonnerre, les pluies tourneraient en urine et tout l'automne le ciel ne ferait que pisser, ainsi qu'un animal qui a trop peur et dégage candidement sa vessie sans se préoccuper de vos stupides formules de politesse, bonnes tout juste pour ce que sont les hommes : des animaux qui se retiennent d'excréter. »

Un beau soir pourtant je m'étais décidé à quitter ce grenier. Allumant en tremblant une lampe, je m'étais risqué dans la mine sombre de l'escalier. J'observais le long des murs mon ombre projetée et ressemblant aux traces de plantes antédiluviennes qu'on trouve gravées dans les filons, mancenilliers obscurs dont la sève est un dangereux grisou prêt aux plus horribles explosions pour peu qu'on approche de son poison une flammèche.

Pas à pas, je descendais les marches de l'escalier. Un craquement parfois, comme s'il s'était agi du frottement d'une allumette, faisait étinceler en moi des milliers de souvenirs. J'étais très vieux et tous les événements que je me rappelais parcouraient de bas en haut le tréfonds de mes muscles comme des tarauds errant dans les parois d'un meuble ou des lichens montant à l'assaut d'une statue. Je ne m'appuyais pas sur un bâton, mais

la lampe que je portais dans ma main droite me
soutenait, sa flamme haussée et léchant le plafond
d'aussi près qu'il lui était possible m'incitant par
des caresses et par un lien caché à la suivre dans
son ascension.

Les marches gémissaient sous mes pieds et il
me semblait fouler des animaux blessés, au sang
très rouge et dont les tripes formaient la trame
du moelleux tapis. C'était la conséquence d'une
chasse très cruelle : toute une troupe de cerfs avait
été forcée. Les cors sonnaient, les chiens mangeaient et aboyaient. Les cadavres, pantelants et
déchirés par tant de crocs, de seconde en seconde
diminuaient; il ne restait plus que les squelettes
et les bois si bizarrement sculptés, érigeant leurs
constructions irrégulières dans les ténèbres, por-
teuses d'autant de ramifications qu'elles comptaient
d'années, gratte-ciel s'élevant étage par étage et
émission d'actions par émission d'actions jusqu'à
littéralement gratter les nuées afin de transmettre
à toutes choses la gale qui dévorait leur base, gale
à coup sûr moins douce que l'orient d'un collier
de perles qu'on augmente lui aussi perle par perle
et année par année.

Les forêts gémissaient, traversées par les meutes
en délire. Les feuilles tombaient sous les coups
de fouet. Les buissons s'écartaient et devenaient
des cuisses violées. Toutes les mares s'asséchaient,
pompées par tant de bouches voraces, et toutes
les bêtes tournoyaient, effrayant carrousel
qu'éclairaient vaguement les étoiles soucieuses de

deviner quelle trompe à l'embouchure de gouffre ou de comète sonnerait un jour leur hallali. Une femme vêtue d'un habit rouge plaçait dans les revers de ses bottes vernies les jarrets coupés des chevreuils et transformait ainsi ses jambes étroitement gantées de peau blanche en admirables vases de fleurs dont l'arome du sang montait en délicat parfum. Un château de pierres grises et de briques rougeoyantes apparaissait à l'horizon. Toute la chasse s'y engouffrait et la gigantesque porte à deux battants se fermait d'un seul coup avec un bruit de gong, glas funèbre des animaux tués. Dans la forêt, il ne restait plus que quelques os, des échos d'aboiements et une très longue traînée de gouttes de sang égrenées par le troupeau des cerfs en fuite, cailloux rouges moins malaisés à reconnaître que les pierres blanches du Petit Poucet...

Eh bien non! je ne peux plus décidément rester debout dans un tel escalier. J'ai trop peur, à la fin, et la flamme de ma lampe n'est pas de taille à me soutenir. Il me faudrait plusieurs cuirasses, un carrefour d'épées et une jungle de fauteuils derrière lesquels me cacher. Si je suis incapable de descendre maintenant d'une autre manière qu'à quatre pattes, c'est qu'à l'intérieur de mes veines circule ancestralement le fleuve rouge qui animait la masse de toutes ces bêtes traquées. Une attitude semblable extérieurement à celle des quadrupèdes est celle qui me convient le mieux, car il est préférable à coup sûr, du point de vue de la sécurité, d'avoir quatre pieds au lieu d'avoir deux pieds, voire même d'être un mille–pattes, un ver, une araignée.

J'étais donc à quatre pattes, les mains à quelques centimètres plus bas que les pieds, puisque je n'avais pas encore achevé tout à fait ma descente et que des marches s'offraient encore à moi, avec le mauvais lainage dont elles étaient couvertes et les tringles de cuivre qui marquaient leurs angles droits en creux d'inflexibles et durs éclairs pas même autorisés à zigzaguer. D'étranges rumeurs montaient toujours en moi et j'écoutais les peines immenses qui gonflaient les maisons à grands coups de leurs soufflets de forge, ouvrant les portes et les fenêtres en cratères de tristesse qui vomissaient, colorés en jaune sale par la lueur maladive des lampes familiales, un inépuisable flot de soupe, mêlé à des bruits de querelles, de bouteilles débouchées par des mains suantes et de mastications. Une longue rivière de filets de bœuf et de légumes mal cuits coulait. Les bouillons couleur de vin suri voyaient s'en aller à la nage, entre leurs eaux grasses chargées d'yeux mal réveillés, les désespoirs d'enfants. Les vitres se couvraient d'une buée que ne parvenaient pas à dissiper les fronts d'adolescents qui, sitôt la table desservie, s'y appuyaient, le dos tourné à leur mère, active sans doute mais pour l'éternité impotente, empêtrée dans les raccommodages et les coups de balais. Villes sanguinaires ! Quelles fortifications construites par un soudard, allié

aux doigts crochus d'un notaire en démence, vous
enserre dans sa ceinture d'infamie ! Tous les
oiseaux mourront de faim ou bien s'enfuiront,
déployant leurs ailes irritées, vers une région
moins malsaine, s'il advient d'en trouver une hors
de ce continent semblable à un atroce pilori auquel
la vie est à jamais clouée...

Je continuais à descendre marche par marche
et j'étais maintenant arrivé aux deux derniers
degrés. Ceux-ci s'étalaient devant moi, secs et
précis, figés dans une immobilité glaçante et ironique. La mer des dalles noires et blanches venait
mourir au pied de leur falaise, tout près de là,
et j'appréhendais le moment où je devrais m'élan-
cer, avec le seul radeau de mes genoux et de mes
paumes, sur cet élément plat et rigide bien
qu'agité secrètement de terribles remous.

Vers la gauche de l'antichambre, une porte
entre-bâillée permettait d'apercevoir, pareil à une
de ces boutiques de *shipchandler* qui foisonnent
dans les ports, un débarras rempli de générations
entières d'objets hétéroclites. De vieux corsets
mêlés à des piles d'anciens carnets de bal, des
fleurs séchées, des robes de soie usées jusqu'à la
corde voisinaient avec des lambeaux de fourrure
mangés aux mites, des éventails rongés ressemblant à des pattes de canard dépouillées de leur
palme, des souliers d'argent admirablement fins
et délicats mais sans semelles ni talons, des reliefs
de festin et deux ou trois petits chiens empaillés,
embrouillés dans les paquets d'hameçons et les

pelotons de ficelle. Des monceaux d'ombre couvraient tout cela. Les objets en sortaient tels
des cimes qui émergent des nuages quand un coup
de vent soudain vient déchirer l'écran qui les
séparait de nos yeux. Les formes révélaient leurs
creux et leurs reliefs comme des flancs de montagnes, et palpitaient ainsi que des corps animaux, sous le pelage obscur qui les enveloppait.
Ce magma de contours, de bosses et d'arêtes
variées ne se différenciait en rien d'une nuit
d'orage et dégageait même une sorte d'arome de
chemin creux ou de chaussée mouillée.

Parmi les instruments qui perçaient les ténèbres, on pouvait reconnaître une vieille statue
de cire représentant la Vierge, à côté d'une boule
de cristal pareille à celle qui marquait le début
de la rampe de l'escalier, tout près aussi d'un de
ces colosses-lampadaires qui figurent des nègres
aux peaux noires et étincelantes, les hanches
ceintes d'un pagne, la bouche luisante d'un rire
barbare et le cou entouré d'un collier.

Les orages tropicaux fondent toujours sur les
cultures de sarrasin ou de maïs d'une façon inat-
tendue. En toute hâte, les travailleurs alors aban-
donnent les champs. Rassemblant leurs pauvres
outils, ils dirigent leurs regards vers leurs cases
et se sauvent en courant. Plus d'un presse dans
sa main un incompréhensible gris-gris et, tout en
articulant d'ancestrales prières, prend bien garde
aux haies et aux fossés, aux obstacles de toute
nature qui embarrassent ses pas. Sa femme, magnifi-

que créature au torse nu, plus brillant d'être mouillé
par la caresse de l'averse, les seins plantés très
haut et s'érigeant encore sous la douceur de la
pluie tiède plus délicieuse que le contact des mains
calleuses habituées à manier de primitifs outils,
sa femme, belle géante noire mouvant en foulées
majestueuses ses deux jambes fortes et drues,
offre sa poitrine amoureuse au tonnerre, les deux
pointes dressées, poussées au maximum de la
longueur et tendues jusqu'à la plus invraisem-
blable et métallique dureté, pointes de paratonnerre uniquement avides d'attirer la foudre, comme
si le baiser brusque et électrique des nuages lourds
de catastrophes devait être seul capable d'apaiser
leur désir, après tant de subtils et longs baisers
mouillés.

Dans les cases, on se couche aussitôt, on se
bouche les oreilles ou bien on tombe à genoux
devant une quelconque statuette de vierge ou de
saint apportée là par quelque missionnaire. Au
besoin, on égorge un mouton et la plus jeune de
toutes les filles nubiles se plonge tout entière
dans un bain de sang, dont elle sort couleur de
pourpre et à demi grisée. Les tam-tam battent
du côté de l'Afrique; en Amérique, les harmo-
niums chantent, et de Harlem à la Guinée d'étranges courants s'établissent. Les blancs, ivres, ont
massacré cette nuit trois femmes d'un village qui
refusaient de coucher avec eux parce que justement elles craignaient cet orage et que pour rien
au monde elles n'auraient voulu subir l'étreinte

d'un mâle avant d'avoir pris leur bain de sang.
Les brutes coloniales, finalement, le leur ont fait
prendre tout de même, mais elles étaient mortes
et plus guère soucieuses d'aucun embrassement.
A la même minute, tout en haut d'un gratte-ciel,
une mulâtresse blonde se plongeait toute nue dans
une baignoire pleine à ras bord d'un mélange de
gin et de whisky. Elle en sortait, elle aussi, complètement saoule, et se mettait à chanter d'une
voix parfaitement frénétique, avec des accents
rauques qui donnaient la chair de poule aux cailloux des plus lointains chemins, des mouvements
de bras qui faisaient chavirer les pôles et l'équateur, des lèvres fraîches comme du lait, de beaux
claquements de pieds déchaîneurs de tonnerre...
Puis cette femme, tous les hommes présents ayant
plus ou moins abusé d'elle, se calmait. Elle remet-
tait sa robe, se recoiffait et s'en allait, serrant sur
sa poitrine un scapulaire, seul don précieux que
lui eût fait sa mère lorsqu'elle l'avait lancée dans
le vaste monde avec un demi-dollar et sa béné-
diction. Les chansons que cette bouche avait
jetées demeureraient éternellement gravées dans
l'air, et tous les phénomènes en seraient affectés,
depuis la hausse du prix des cotons jusqu'à la
floraison des chrysanthèmes dans les serres, en
passant par la température elle-même du cabinet
de débarras où régnaient les débris dont je parle :
souliers de bal, corsets, pelotons de fil et géant-
lampadaire...

Plus encore que les magasins de brocanteur et

que les quincailleries, les boutiques de *shipchand-*
ler m'ont toujours prodigieusement séduit. Cet
aspect de cabinet de débarras, qui fait croire que
la mer a rejeté tout ce dont elle ne voulait pas,
épaves nettes et propres qu'elle n'a pas encore
consommées, est bien fait pour me plaire, à moi
qui ne parviens pas à concevoir l'univers autrement que comme un vaste enclos, où l'on entasse
des détritus divers, bons pour la confection de je
ne sais quel extravagant fumier. Une cotte bleue
de marin sur laquelle sont placées d'épaisses
plaques de liège, des boutons de culotte, des ga-
lons d'or et des ancres orgueilleuses, des filets si
fins et si ténus qu'on ne peut leur supposer
qu'un usage aérien, composent à mes yeux un
panorama splendide, qui me lasse moins peut-être
que les spectacles naturels, moi qui ne suis qu'un
détestable esthète habitué, plus qu'au vent du
large, à l'atmosphère morte et empuantie des
soupentes et des greniers. Cet amour qu'on a des
objets, cette manie, plutôt, qu'en ont les dilet-
tantes et les artistes, je ne l'avoue jamais qu'avec
beaucoup de honte, et la plupart du temps je me
contente d'essayer de la colorer à l'aide de jus-
tifications magiques ou d'histoires comme celle-ci.
A vrai dire, je suis accroché aux choses inanimées
comme un passager l'est au bastingage d'un paquebot les jours de grande tempête, comparaison
bien plus flatteuse pour moi que celle de la moule
collée à son rocher.

En l'occurrence, le bastingage auquel je me

cramponnais était constitué par l'arête de la dernière marche de l'escalier. Ce n'était même plus la
rampe qui m'offrait son très banal appui, mais la
marche elle-même, beaucoup plus basse, et mieux
en rapport avec l'affreuse gêne qni m'étreignait.
Comme un mutin mis aux fers, je restais immobile, et même l'arrivée d'un boulet rouge n'aurait
pu parvenir à me faire avancer ou reculer. Comme
un mutin mis aux fers, ou plutôt comme un chan-
celant missionnaire que des pirates ont pris.

Il devait être maintenant environ deux heures
du matin, et dehors tout était silencieux. Pas un
fiacre ne passait. Aucun miaulement de chat ou
piaillement de sirène en quête d'une mystérieuse
cargaison dans le lointain d'un port ne troublait
l'air pur et glacé, vide des fracas de piles d'as-
siettes qu'on eût aimé entendre brusquement éclater, violente dégringolade de porcelaine qui aurait
déchiré les couches atmosphériques comme un rire,
annonciateur d'une absolue folie. Je pensais à ma
mère, à mon enfance, à l'identique silence qu'a-
vaient coupé d'horribles cris, la nuit où j'avais
été mis au monde.

Plus noir qu'une bête, sombre et grinçant comme
une calèche pourrie, tu te promènes ou plutôt tu
traînasses à travers les banlieues de la vie, avec
tes pouces rongés dont tu dévores les peaux depuis
un nombre incalculable d'années. Ces doigts, que les
autres emploient à de tendres caresses, à de vio-
lentes batailles ou bien à d'obstinés travaux, petit
à petit tu les lacères, tu les dénudes, comme si tu

voulais n'en laisser que les os et racheter, par la
dîme de souffrance qu'ainsi tu t'infliges, la menace
d'autres douleurs plus grandes, plus dangereuses,
planant au-dessus de toi comme un vampire. Tes
amis, tu ne les aimes pas. D'ailleurs, tu n'aimes
personne. Tu n'es qu'un homme qui descend
l'escalier...

Cet escalier, ce n'est pas le passage vertical à
échelons disposés en spirale qui permet d'accéder
aux diverses parties du local qui contient ton
grenier, ce sont tes viscères eux-mêmes, c'est ton
tube digestif qui fait communiquer ta bouche,
dont tu es fier, et ton anus, dont tu as honte,
creusant à travers tout ton corps une sinueuse
et gluante tranchée. Chaque parcelle de nourriture
que tu avales glisse vers le bas de ce conduit et
c'est alors toi-même — en puissance tout au moins
—qui descends l'escalier, à pas craintifs et mesurés,
en chute lente et terrifiée, comme lorsque tu
tombas de ce ciel empyrée, l'utérus maternel,
paquet de chair rebondissant de nuage en nuage
entre les tours mortelles de deux jambes cris-
pées.

Ces marches d'escalier — si rassurantes tout
compte fait dans leur netteté géométrique — ce
ne sont pas non plus les dignes degrés par lesquels
tu descends sur la terre, du haut de tes pensées;
ce sont les échelons qui, à chaque coup, te man-
quent et te rapprochent de jour en jour d'un cor-
ridor glacé, rempli de vieux épouvantails si tra-
giques que, les voyant, l'idée du suicide tombe

sur tes épaules et s'y attache plus tenace qu'une chasuble de plomb.

Et toute ta vie tu descendras cet escalier.

Les poèmes que tu écriras, les stupidités que tu diras, tout ce qui t'arrivera ou ne t'arrivera pas, les plaisirs dont tu jouiras, les tortures que tu subiras, tout cela n'aura pas plus de réalité pour toi que le premier venu d'entre les différents phantasmes qui peuplent en ce moment même les ténèbres de cet escalier dont la pente seule est sanglante et réelle. Tu as beau être dans le cœur de Paris, de Londres ou d'une quelconque capitale, cela n'est pas plus vrai que si tu n'y étais jamais allé, et peu importe tout ce que tu fais, dis ou écris, puisque toute production intellectuelle n'est que littérature, sottise d'après coup — ce qu'on pourrait appeler (en l'occurrence tout à fait spirituellement, et pourquoi donc, grand Dieu! ne pas plaisanter?) « esprit de l'escalier »...

Il faudrait revenir à de grandes bolées d'air qu'on avale d'un seul trait — coup de poing ou coup de couteau — sans le moindre lien créé par les absurdes cheveux en quatre de ces agonisantes subtilités.

Mais cette bolée d'air tu viens de la trouver sans même t'en rendre compte, après quelques mètres parcourus à plat ventre le long du couloir, sous forme de la porte qui donne sur la rue et que d'un seul coup de tête, sans un mot, gencives et dents serrées, tu viens de faire brusquement éclater.

. . . .

Où sont nos amoureuses?
Elles sont au tombeau.

GÉRARD DE NERVAL.

I

J'étais debout en face d'une plaque de bois et je voyais ses lignes sinueuses composer des rosaces pareilles aux fleurs de vérité, non loin d'une femme de mise modeste assise sur le banc le plus neuf d'un vieux square empuanti d'enfants qui traînaient derrière eux leurs cerceaux et leurs mères, femme assez peu jolie mais dont les yeux, véritables flambeaux de misère, se miraient dans un nuage échafaudé entre haut et bas.

Je lisais sur la plaque, comme si ses nœuds et ses veinures avaient été des hiéroglyphes simplifiés à l'extrême, le récit de plusieurs épisodes passés ou à venir et j'avançais parmi ses ondes ligneuses, écartant des deux mains les lianes et les broussailles des faits, pour apercevoir sur le verre dépoli, plan pur et dénudé qui se trouvait à l'intérieur, toute l'histoire du monde reflétée dans sa réalité totale, lorsque la femme, se levant d'un mouvement brusque mais gracieux, après avoir défait les plis de sa jupe fripée à petits coups de sa main fine, s'avança de trois pas vers une pelouse de gazon et salua gravement les vendanges prochaines qui s'avançaient vers elle sous

forme de grêlons. Alors j'entendis le mot : *Aurora*,
chuchoté par une voix tendre, plus douce qu'une
chair désespérée, et je sentis que le ponton
d'asphalte qui nous portait, moi et ma plaque si
fertile en secrets, démarrait et se mettait à
glisser entre deux quais de pierre dont les bras
durs, épouvantails pas assez longs, se transfor-
maient en sémaphores dressés dans l'espoir vain
de me retenir.

Un horizon de pierre blanche posé comme la
barre abstraite qui clôture l'opération métaphysique du départ (soustraction des souvenirs, addi-
tion des jouissances nouvelles, multiplication de
l'avenir, division des plus récents désirs), un horizon couché comme une stèle de marbre était le
poteau limitrophe de ma vue et maintes vagues
commençaient à chanter, buissons d'éclairs résolus
en masses liquides, mais ayant gardé du feu,
sinon la brûlure de la flamme, du moins les zigzags et la fierté. Le ponton s'avançait en dansant
et je sentais le point fixe s'agiter dans ma tête,
le point fixe que rien ne peut ébranler et qui
nous déchire impitoyablement lorsque nos actes
ou nos passions communiquent à nos cervelles et
à nos corps un mouvement que ne partage point
cette pointe d'aiguille de l'acier éternel, immuable
comme un clou dans un mur ou le centre de
référence qui métamorphose par son frottement
continu mais immobile toute espèce d'agitation
en coulée de sang. De chaque côté de moi les
ruisseaux s'effondraient et j'écoutais leur faible

bruit avec un léger ricanement supérieur, moi qui marchais au-dessus de cette marée, déplaçant avec moi et traînant au grand dam de l'univers tout le cercle de mes perceptions, mes remous de vinaigre et mes feuillages points de repère, au haut des arbres de la connaissance à l'extrême pointe desquels s'engendre mon amour.

Un équipage bariolé peuplait les flancs obscurs du ponton. Des hommes de toutes couleurs s'agitaient et attisaient des feux énormes, à une profondeur telle que tout s'y confondait dans une espèce de brume noirâtre pareille à la matière indifférenciée. Sur le pont, des têtes de femmes gigantesques émergeaient, toutes orientées vers l'horizon de pierre, et il était possible de calculer la vitesse du bateau d'après l'inclinaison de leurs chevelures. Ces femmes, qui me semblaient de merveilleuses et vivantes statues, devaient être plongées dans l'eau jusqu'à mi-corps (le buste seul entrant dans le vaisseau) et leurs jambes sous-marines devaient seules engendrer le mouvement du navire, les feux profonds allumés par l'équipage n'étant présents qu'en vue d'une mystérieuse adoration, cependant que les blancheurs liquides de la chair de ces géantes attiraient à elles inéluctablement l'horizon de marbre, lèvre d'une blessure attirant l'autre lèvre pour effacer la mer comme une cicatrice, en vertu de ce principe que le semblable est attiré par le semblable.

Il n'est pas nécessaire que je raconte les diverses péripéties de ce voyage, car elles se trouvent toutes rapportées, ou à peu près, dans les récits des anciens navigateurs. Toutes les tempêtes, conjurées par la beauté des femmes, s'apaisaient comme des bêtes fatiguées, et venaient doucement lécher leurs seins. Les grands serpents de mer, repliant leurs anneaux, se contentaient de jalonner la route comme des tas de crottin et les poulpes eux-mêmes n'étaient que de subtils insectes tissant les mille courants entre-croisés que devait démêler notre voyage, nœuds gordiens que le vaisseau dénouait à la manière d'Alexandre, en transformant sa proue en un ciseau de drapier qui n'hésite pas à trancher, d'une seule coupe rectiligne, les belles soieries du jour.

De toutes les escales que nous fîmes durant cette traversée, je me rappelle une seule, à cause des bars magiques qui écartelaient les entrailles de cette ville, pour permettre aux divins aruspices de l'alcool d'observer, à travers les parois de leurs verres où se miraient les rues, la fatalité des rencontres charnelles quand, sur la meule des sens, les sexes s'affûtent pareils à des couteaux. Le plus lumineux de ces bars, celui dont les boissons lançaient les tonnerres les plus aigus, s'ouvrait au fond d'une ruelle étroite et les pavés qui en marquaient le seuil, inégaux et raboteux, mettaient en échec les plus pieux désirs, avec leur courbure grossière qui ne parvenait pas à simuler la coupole douce des ventres. *Au rendez-vous des parties du corps* était le nom de cet endroit et les habitués observaient en effet scrupuleusement cette coutume de n'y venir que le corps entièrement recouvert à l'exception d'une seule partie, variable pour chacun, et qui pouvait être n'importe quel fragment de cette défroque humaine : la main, le pied, la bouche, l'oreille ou bien simplement la phalange d'un doigt. Les femmes étaient soumises à cette règle commune et voilaient aussi tout leur corps à l'exception d'une unique parcelle, que l'on choisissait la plus belle, et elles mêlaient ainsi leurs membres à ces assemblées fragmentaires présidées invisiblement par le couteau d'un dépeceur.

Une nuit pleine de bestioles affolées et d'une houle d'éclats de vitre, je quittai la chambre que j'occupais dans les soutes du navire afin de m'aventurer dans ce repaire, et j'eus tôt fait de me masquer le corps entier à l'aide d'un drap noir que me fournirent les fibres les plus denses de ma plaque de bois, mon coude gauche seul restant visible, poli comme un caillou. Dès que je fus entré, on m'offrit divers breuvages au sein desquels je discernai différents organes en pleine fermentation, autour de cristaux de sucre qui s'ordonnaient en vagues squelettes; une écume légère débordait de la coupe et il m'était facile de deviner quelle ivresse terrible elle me donnerait, rien qu'à voir sa blancheur de folie et les bulles infiniment diversifiées qui en montaient, petites statues sphériques des couleurs, exhumées de la raison annihilée, sèche et battue comme plâtre. Au premier verre que je bus, l'invisible dépeceur

apparut, sa face sanglante se hissa comme un
astre et son couteau, avec un long sifflement, se
planta dans le parquet, juste au milieu du bar.
Au deuxième verre, hommes et femmes laissèrent
tomber leurs voiles et je m'aperçus qu'ils n'étaient
en vérité ni des hommes, ni des femmes, mais
bien réellement et uniquement les fragments de
corps que, personnages supposés, ils étaient censés
représenter. Au troisième verre, toutes les lu-
mières vacillèrent et le couteau, qui était venu
se placer dans la main la plus délicate et la plus
transparente, parcourut l'air de la pièce en tous
sens, comme s'il avait voulu parachever le dépe-
çage, tandis que les boissons dans tous les verres
se coloraient en rouge et, s'épaississant brusquement, cessaient aussitôt d'écumer. Au quatrième
verre, je compris que, n'étant pas comme mes
partenaires une simple partie du corps mais un
homme véritable et tout à fait vivant, ma position était extrêmement dangereuse et qu'en conséquence je devais, sous peine d'une mort igno-
minieuse, immédiatement prendre la fuite. Mais
au cinquième verre, je constatai que la porte
(assez haute lors de mon entrée pour me laisser
passer sans que j'eusse même eu besoin de me cour-
ber) venait elle aussi de se diviser en plusieurs
parties et que maintenant, s'il était encore possible à chacun de mes membres d'user séparément
de cette issue, cela ne l'était pas à mon corps
tout entier. Tout espoir d'évasion devait donc
être banni, rejeté dans un vieux coin de mon

cerveau, avec la pourriture des roueries usagées
et le salpêtre des spectacles défunts. Alors la panique s'installa entre ma tête et le plafond avec
ses ailes de poussière grasse et mon regard n'exista
plus que pour les mouvements du couteau.

J'étais depuis quelque temps terré dans un
angle, prostré, et m'attendant à tout moment à
être déchiré par la lame mouvante, lorsque autour
de mon coude demeuré nu je sentis l'enroulement
soyeux d'une chevelure, cependant qu'à mes narines montait un mystérieux parfum. Je fermai
un instant les yeux sous le charme de cette caresse imprévue, la dernière sans doute, à ma
croyance, que je serais à même de percevoir, mais,
quand je les rouvris, je m'aperçus que j'étais dans
la rue, hors des dangers de ce bar inhumain ; à
quelques pas de moi, le couteau fuyait en zigzags dans le ciel, éclair remontant à sa source,
tandis qu'une touffe de cheveux d'un blond féminin filait droit dans les airs, se confondant
bientôt avec la couleur de la nuit que jaunissaient
les astres. En hâte, je regagnai le navire et,
m'étant débarrassé du drap noir dont je m'étais
couvert pour cette expédition, je constatai, à la
lueur trouble de ma lampe, que mon coude gauche
n'était plus exactement pareil au reste de mon
corps, mais qu'il avait pris une apparence légèrement rugueuse et comme granitique.

Le lendemain de cette aventure, je m'éveillai avec un goût minéral dans la bouche et les orbites des yeux lacérées de douleurs comme les orbites des corps célestes lorsque ceux-ci les labourent de leur soc circulaire. Le steamer marchait à pleine allure et sa fumée se condensait en gros nuages noirs que les haleines des géantes frangeaient de blanc, cependant qu'une légère neige bicolore s'abattait mollement sur le pont chaque fois qu'une vague plus forte que les autres agitait le navire et son grand mât, comme pour gauler des noix. Assis sur la plaque de bois qui, peut-être parce que nous approchions des tropiques, se teintait d'acajou, j'observais alternativement mon coude couleur de pierre et la colonne d'espace rigide que cette rigidité même rapprochait elle aussi de la pierre, cylindre visuel découpé sur le ciel par mon hublot.

« Assis sur une planche rectangulaire taillée en forme de radeau et qui paraît bien devoir me servir de tout excepté de radeau, me disais-je, au fond d'un navire que conduisent des femmes aux splendides chevelures dont chaque ondulation sait déjouer un naufrage, je mesure la distance qui sépare mon œil de cet oiseau bicéphale dont le plumage noir s'étend sur les confins des gestes que déclenche l'appât de la terreur. Parti d'une terre molle et froide dans laquelle s'engluaient mes regards, une féminité quelconque ayant semblé, je ne sais pourquoi, être la cause de ce départ, ce n'est qu'après avoir quitté l'asphalte et sa doucereuse puanteur que j'ai pris conscience de mon corps et que le mot TORRIDE s'est abattu comme un bec flamboyant sur mon cerveau, s'enfonçant à jamais dans l'humus de ma tête, pareil à un bolide qui pénètre le sol et le perce de son clou.

Plusieurs tisons psychologiques charbonnaient dans mon cœur : il y avait le jeu des idées aussi absurde que les sports quand les maillots rayés de diverses couleurs s'affrontent sur le grand terrain vert de l'Espoir, football des lâches dont le but consiste invariablement à loger la balle de cuir de l'être entre les perches de référence qui découpent sur le ciel le parallélogramme du grand repos; il y avait la pantomime morale, si parfaitement mal jouée qu'aucun acteur au grand jamais n'en brûlera les planches, le grelot de la destinée qui perpétuellement fatigue mes oreilles avec son tintement de cauchemar, le champignon du devoir enfin, bel abri pour des familles d'insectes, serrées sous ce parapluie ridicule qui n'a pas même, à leurs yeux, le mérite d'être vénéneux. De nombreuses espèces acclimatées voisinaient dans la grande cage de ma tête, derrière la grille logique, et nulle pensée fauve ne troublait jamais la fête par ses cris ou ses bonds, domestiquée qu'elle était par la prison climatérique, l'absence de tout jeûne et l'attention putride des badauds. Les dimanches et jours fériés, que marque spécialement un calendrier de fiel et de misère, la foule se déversait dans les rues et, tandis que certains noyaient dans le vin, tueur de mélanco-

lie, le seul sentiment acceptable en ces journées
plus longues que des carêmes, d'autres s'orien-
taient vers le jardin zoologique, qui les attirait
par l'attrait qu'exerceront toujours sur l'ordure
dite « honnêtes gens » les bagnes, les lois et les bas-
tions. Longtemps la foule, plus sage qu'un excré-
ment, regardait les animaux, esquissant un mouvement de fuite dès que l'un d'eux faisait mine de
se mettre en colère, mais revenant aussitôt, ras-
surée par la majesté des barreaux. Cette tourbe
infecte n'était pas autrement composée que par
les défenseurs des idées, de la morale, des vo-
cations et du devoir, les bâtisseurs de forteresses
en tous genres qui ne sont toutes que d'énormes
W.-C. d'obus, qu'il s'agisse pour elles de recevoir
n'importe quels projectiles, puisque ces projectiles seront toujours réunis entre eux par ce
caractère commun, à savoir qu'ils les emmerdent.
Mais les rafales soudaines du désespoir venaient
parfois menacer une partie des demeures de cette
foule et les murs gémissaient comme le suicide,
de toutes les bouches de leurs moellons. Une longue rumeur de putains saoules s'écoulait dans
les vastes avenues plantées d'arbres et le buis
pâlissait dans le silence des jardins, rongé par
les âpres rayons de ces cris et leur poussière tenace. La camérière des nuages ouvrait toutes
grandes les portes des tourments, et ce n'étaient
que pluies, et pluies, et pluies, et pluies...

   Subtils petits habitants, ah! comme vous vous
sauviez! L'eau ne mouillait bientôt plus que des

rues absolument désertes, cependant que vous vous terriez dans vos maisons aux ascenseurs détraqués, dans vos salons dont les pâtisseries de plâtre vous avaient depuis longtemps, et sans que vous le sachiez, corrompu le sang, qui ne courait plus rouge dans vos veines d'une finesse végétale, mais jaune, comme une eau sale dans de sordides tuyaux. «La saison des pluies est revenue», disiez-vous, sans savoir que ce retour périodique des saisons était la marée régulière qui devait, un beau jour, venir à bout de votre vie et l'emporter tout entière, lorsque les hautes falaises tranquilles seraient enfin minées sur toute leur base. Alors, quel curieux spectacle! Je ne crois pas que jamais ma plaque de cèdre en ait enregistré de plus pur. Les trônes de cendre balayés, les échiquiers brouillés, la marqueterie traditionnelle des rues déracinée, tous les corps séparés de leurs alvéoles, les oiseaux dépouillés de leur vol afin que celui-ci, pris à l'état parfaitement pur, puisse exister en soi, sans le support de son outil de plumes et d'os, les ravages de la mort s'étendant en tous sens, remuant le miel de tous les mots et fermentant comme un alcool dans les immenses fûts cerclés des mouvements animaux, à l'heure où les portions les plus effilées des squelettes projettent leurs flèches blanchâtres dans la nuit purifiée par les métamorphoses du vent. Les monuments tondus, l'orgueil des terrasses rabaissé jusqu'au niveau du sol et seuls les pylônes gris de la détresse pointant au ciel leur nombre impair de doigts...

Déchéance des cités narcotiques temporisant toujours devant toute grandeur, en dépit du péril infâme qu'il y a à bâtir des manoirs secrètement lacustres sur ce marécage mouvant, vomissure de la vie qui lâche par tous ses pores les sécrétions immondes de la tranquillité, viscères gonflés d'enfants répandus sur le monde comme une moisissure, ardoise noire de l'ennui sur laquelle jamais ne s'inscrivent en caractères de neige les tourbillons du cœur, bouteille sans fond de la misère vendue au litre pour les ivresses parcimonieuses, écroulez-vous! Et que sur vos détritus luisant de pourriture l'aube se découvre comme une porte, un huis à travers lequel puisse s'établir la circulation sanglante des rayons. Qu'elle monte comme une poterne de cristal dans le ciel peint en bleu par les sédiments de nos larmes, cette aube dont le moins que je puisse dire est que son charme est tel qu'il faudra bien qu'un jour nous nous décidions à la briser aussi entre nos mains, porcelaine plus pâle que celle d'un bol de soupe!»

A l'instant où je prononçais ces mots, je sentis la plaque de bois sur laquelle j'étais assis se dérober sous moi, les feux de la chaudière brûlèrent avec une ardeur furieusement concentrée et les géantes secouant leurs crinières blêmes s'abîmèrent avec tout le vaisseau : nous étions arrivés.

Il m'est toujours plus pénible qu'à quiconque
de m'exprimer autrement que par le pronom
JE; non qu'il faille voir là quelque signe par-
ticulier de mon orgueil, mais parce que ce mot JE
résume pour moi la structure du monde. Ce n'est
qu'en fonction de moi-même et parce que je daigne
accorder quelque attention à leur existence que
les choses sont. Si quelque objet survient par
hasard qui me fasse sentir combien sont restreintes
réellement les limites de ma puissance, je me
roidis dans une folle colère et j'invente le Destin
comme s'il avait été décrété de toute éternité
qu'un jour cet objet apparaîtrait sur MON chemin,
trouvant dans cette intervention son unique raison
d'être. Ainsi je me promène au milieu des phénomènes comme au centre d'une île que je traîne
avec moi; les perspectives, regards solidifiés, pendent de mes yeux comme ces longs filaments que
le voyageur recueille involontairement par tout
son corps et déplace avec lui, bagage de lianes
ténues, lorsqu'il traverse la forêt tropicale. Je
marche et ce n'est pas moi qui change d'espace
mais l'espace lui-même qui se modifie, modelé au
gré de mes yeux qui l'injectent de couleurs pareilles à des flèches de curare, afin que sans faute
il périsse sitôt mes yeux passés, univers que je tue
avec un merveilleux plaisir, repoussant du bout
du pied ses ossements incolores dans les chantiers
les plus obscurs de mon souvenir. Ce n'est qu'en
fonction de moi-même que je suis et si je dis qu'*il
pleut* ou que *la mer est mauvaise*, ce ne sont que

périphrases pour exprimer qu'une partie de moi
s'est résolue en fines gouttelettes ou qu'une autre
partie se gonfle de pernicieux remous. La mort
du monde est égale à la mort de moi-même, nul
sectateur d'un culte de malheur ne me fera nier
cette équation, seule vérité qui ose prétendre à
mon acquiescement, bien que contradictoirement
je pressente parfois tout ce que le mot IL peut
contenir pour moi de châtiments vagues et de
menaces monstrueuses.

   Je dirai donc que J'étais arrivé, sur Ma terre,
et que Ma pluie tombait sans cesse; Mes champs
d'avoine s'étaient couchés sous Mes sursauts de
vent et Mon soleil brillait comme une épée, Mon
sabre que Je portais à Mon côté. Car me voici
traîneur de sabre, et prophète, et maquereau, et
bien d'autres hommes encore! Traîneur de sabre,
de phrases mal affûtées qui ne coupent qu'un vide
biseauté au lieu des têtes que je voudrais voir
rouler et recueillir dans mon panier; prophète,
puisque burlesquement je vaticine et me lamente;
maquereau du monde, puisque j'affirme le haïr et
que c'est lui qui m'entretient comme son amant,
jusqu'au jour où il me jettera dans le fangeux
ruisseau qui roule sans arrêt de vieux trognons de
pommes avant d'être bu langoureusement par le
sable sec qui compose les territoires jaunâtres de
la mort. Car m'y voici venu à la Mort cathédrale,
à cette troisième singulière personne que tout à

l'heure je biffais d'un trait de plume, la Mort, fourche grammaticale qui assujettit le monde et moi-même à son inéluctable syntaxe, règle qui fait que tout discours n'est qu'un piètre mirage recouvrant le néant des objets, quels que soient les mots que je prononce et quel que soit le JE que je mette en avant... Mais tout compte fait, je préfère une bouteille de whisky à ces réflexions doctrinales, car cet alcool c'est bien réellement que je me l'incorpore, tenant en dissolution des millions d'êtres, avec leur maximum de possibilités.

Donc, j'étais arrivé et, de même que dans le bar dont j'ai parlé tout à l'heure, je buvais du whisky. Cette liqueur, me direz-vous, n'est qu'un vulgaire alcool de grain et il faut être un bien triste voyou pour attacher une si haute importance à cette misérable substance organique dont la plus claire propriété consiste à transformer le champ de la conscience en un vaste cimetière communal. Je vous répondrai seulement que mon langage, comme tout langage, est figuré, et que libre est à vous de remplacer le mot «whisky» par un quelconque vocable : absolu, meurtre, amour, sinistre ou mandragore.

Je buvais donc une bouteille d'absolu, une bouteille de sinistre, une bouteille de mandragore... Peu m'importent ces mots puisque n'importe lequel d'entre eux correspond à ce même éternel déplacement de moi autour d'un axe que je plante stupidement au centre, pitoyable drapeau d'un colonisateur du pôle qui veut à tout prix voir

flotter sous forme de tissu colorié le purin de sa
petite patrie somnifère sur la grande voûte glacée
où le concept SOMMEIL est en effet le seul qui
soit suffisamment noir et gelé pour posséder encore
un certain sens. Peu importent ces mots, embryons
d'événements et de phrases, l'essentiel est que je
suis moi-même ballotté entre la froideur et les
brûlures, rejeté comme un ludion de l'une aux
autres, et en butte aux petites ruses interstitielles
de la mort, quelle que soit la force de mon dégoût.

Mais ici, dans cette île où je viens d'aborder,
la première personne du singulier n'a plus cette
importance particulière et je dois laisser parler la
dynamite des faits.

II

Dans le hall d'un hôtel du plus somptueux
mauvais goût, un homme, assis devant une petite
table de paille tressée, vidait un flacon de whisky.
Son smoking de serge blanche dénonçait à tout
venant que la région dans laquelle ce tableau se
situait était une région tropicale. A peine arrivé
dans le pays, il s'était empressé en effet de subs-
tituer au vêtement pluvieux qui le parait le soir
d'une carcasse de charbon mat un vêtement blanc
dont les revers et la garniture noire accentuaient
les lignes trop effacées par cette pâleur, comme
les sombres ornières que laisse un traîneau dans
la neige indiquent aux prochains voyageurs la
piste à suivre, dans cet océan incolore d'écume
solide. Sur la bouteille placée devant lui, l'étiquette blanche marquée de ces mots : *White Label*
laissait suffisamment entendre à quelle blancheur
le contenu de ce récipient devait permettre d'atteindre, blancheur faite négativement de tout un
monde annihilé, positivement de floraisons de givre
se déposant sur les parois du cerveau vitrifié
comme de grêles ossements qui, plus tard peut-
être, se couvriraient d'une chair nouvelle.

Assez grand, l'homme avait le teint hâlé, les cheveux durs et les yeux sans couleur. Ses gestes raides semblaient être commandés par une géométrie secrète et ses pieds vernissés étaient deux socles de diamant noir. La fleur couleur de chair qui se fanait à sa boutonnière étonnait, portée par ce personnage pétrifié, à l'égal de ces batraciens que l'on retrouva vivants dans certains tombeaux égyptiens après qu'ils y eurent été murés pendant combien de millénaires ! C'était une rose énorme qui s'ouvrait comme une explosion de paroles, quand les gestes ne suffisent plus à démontrer l'amour et que par suite leur armature physique doit nécessairement se prolonger dans une armature imaginaire de pensées et de mots.

De bijoux, point; mais un anneau de fer au poignet gauche sans fermeture apparente, donc à jamais fixé à cette naissance de la main et pareil à l'inflexible roue d'acier qui commande aux instincts bien que souvent les doigts se figurent être bâtisseurs. Cet anneau de fer portait à l'extrême la rigidité du personnage, rigidité non pas austère ni même sévère comme le plomb, mais pareille à celle des arêtes rocheuses qui lancent horizontalement sous le ciel leurs nervures dans d'immuables directions, que reproduisent plus atténuées les nuages de manière qu'entre l'objet et le reflet il y ait un certain jeu, comme s'il s'agissait de démontrer que, quelle que soit la dureté de l'objet reflété, l'image sait toujours se parer d'une sorte de douceur faite de contours plus libres et de ramifications végétales.

Buvant à petits coups le blé liquide de son whisky, l'homme songeait à son passé (qu'il inventait peut-être) et ses souvenirs se balançaient comme des épis. Confusément il se rappelait qu'il était né dans une ville maritime et que c'était au sel desséché des vagues qu'il devait son aspect pétrifié, lorsque après s'être plongé dans leur chaos liquide il se couchait sous le soleil, dont les rayons verticaux faisaient apparaître de place en place sur son corps de légères trémies blanches qui l'enfermaient dans une cuirasse semblable à celle qu'aurait pu forger son squelette devenu soudainement extérieur. C'est ce deuil blanc qu'il continuait à porter, ce deuil des blouses chirurgicales plus réel que le deuil noir parce que la couleur blanche est celle de l'effacement, alors que la noire, loin d'être celle du vide et du néant, est bien plutôt la teinte active qui fait saillir la substance profonde, et par conséquent sombre, de toutes choses, depuis le vol du désespoir qui anime de sa noirceur magique le parchemin désert de l'âme, jusqu'à celui prétendu sinistre du corbeau dont les repas cadavériques et les croassements ne sont que les signes joyeux des métamorphoses physiques, noires comme le sang caillé ou le bois calciné, mais beaucoup moins lugubres que le repos du blanc. Mais ce blanc désertique, pourtant, n'excluait pas toutes possibilités ultérieures, lorsque, lui-même coagulé, il s'assimilerait le sang des directions et connaîtrait lui aussi les trois cas d'égalité de la putréfaction.

Toutefois l'homme au smoking blanc devait être fort peu soucieux de cette symbolique des couleurs, plus incolore pour lui que l'imagerie de ses souvenirs qui continuaient à se dresser comme des cheveux se dressent sur une tête sous l'influence de la terreur.

Au sortir de cette plage pâle et dure dont les grains de sable s'écoulaient entre ses doigts comme le chapelet fragile que, tout enfant, il égrenait, il avait vécu dans un pays brumeux, plein de docks et de mines, où les femmes toujours blondes se creusaient comme des carrières, déchirées par la pioche du plaisir, et jetaient à tout venant leurs yeux, efflorescences de minerai. Dans des bouges où l'air traînait péniblement entre quatre murs ses vieux lambeaux de cuir, il avait vu des rixes mortelles et se rappelait le petit geste inquiétant de l'index qui s'étend le long du canon de revolver, lorsque le tireur n'a pas le temps de viser et qu'il veut décocher un projectile instantané à l'adversaire, généralement protégé par le fond d'une chaise, une table renversée, ou l'épaule nue d'une fille. Ces bagarres toujours se terminaient dans la vaisselle brisée et les injures qui s'entassaient comme, dans les docks, les monceaux de charbon. C'est de ce pays que provenait l'anneau de fer et sa couleur rappelait à la fois les yeux mi-clos des femmes, l'eau du fleuve, la poussière du charbon et les ecchymoses bleutées qui se forment chaque fois qu'un coup, comme un aimant magique, fait monter à la surface des corps le vrai métal de décomposition.

Un réseau de métiers divers formait le canevas sur lequel s'établissait l'histoire laineuse du personnage et ce réseau créait aussi une multitude de relations qui traversaient sa vie comme d'ignobles sagaies, ointes autant d'immondices que de poison. Ce vil filet professionnel, qui constitue d'ordinaire la trame de toute vie, il l'avait rejeté un beau jour, ne daignant supporter aucun autre esclavage que celui de l'anneau de fer, le cercle parfait et dur dont la hantise brille dans la nuit de notre esprit comme un fusil d'acier bleui armé pour je ne sais quelle chasse éternelle où nous lâchons la meute de nos désirs contre un mystérieux gibier qui fuit circulairement à travers le dédale de notre forêt sans que nous sachions jamais, tant il va rapidement et sait devenir identique au feuillage, quel rapport précis existe entre meute et gibier, et chasseur, et forêt.... C'est le miroitement de cette poursuite qui avait planté juste au centre de son œil cette petite paillette d'or pareille à celle qui luit dans le regard des joueurs, quand, le tapis vert n'étant plus qu'une vaste prairie le long de laquelle ils vont courir la chance, le but de cette effrayante course au clocher sonne son glas fatidique avec un cœur de bronze, afin que soit lancé comme des ondes sonores dans un anneau sans fin le sang hasardeux du suicide. Et c'est aussi la même lueur

blanche et vague qu'il fixait dans le reflet causé
par la convexité de la bouteille, au-dessus et au-
dessous de l'étiquette *White Label* posée là comme
une falaise crayeuse entre un ciel d'orage et une
mer mugissante.

Ainsi, c'est à une résille traîtresse qu'il avait
substitué ce bracelet métallique, orbe de lueurs
pressenties et figées, et il ne voulait plus qu'il
fût question de cet huissier TRAVAIL dans la
structure civile de sa vie. Il ne jetait plus de filet
pour capturer les poissons de l'avenir et seules
les bêtes des forêts lui paraissaient des gibiers
dignes de lui, parce que, pour les tuer, il n'est
besoin d'aucun préparatif, un coup de feu, somme
toute, étant si vite lâché! De même, il avait
décroché toutes les pancartes hygiéniques de la
morale, au profit d'une étincelante phtisie prise
sur le zinc des plus abhorrées saoulographies.

Ce sont ces divers éléments de fantôme qui con-
féraient à l'homme au smoking blanc l'extraordinaire prestige que j'ai sous-entendu plus haut.
Dans une salle, il se tenait comme un pivot, rava-
lant meubles et spectateurs au rang de misérables
rouages conçus en vue de le mettre en mouvement, lui, axe d'un aigle énorme, totalement inconnu et mécanique.

Cette salle était, disais-je, somptueuse et du plus
mauvais goût. Les orchidées fleurissaient en rencontres de suaves stalactites et les paillettes de

velours s'étendaient jusqu'à la marqueterie noire
et blanche du piano; non loin d'un comptoir d'a-
cajou bourré de fioles et luisant comme les flancs
d'un navire, une nappe de fourrure étalait son
fumier de sensations tactiles, ressorts bandés et
vus de l'intérieur. C'était l'écœurement dans toute
sa majestueuse beauté, l'écœurement qui sans nul
doute constitue la seule fonction sainte de l'homme,
puisque grâce à lui il rejette les aliments, aban-
donne le masque derrière lequel il voulait dissimuler son affreuse laideur, devient vert comme
un pendu et souffre plus de mille morts, frénétique
idiot qui devrait ne savoir que vomir, vomir jusqu'à se tuer.

Toujours est-il que dans ce bâtiment d'ordure,
en dehors du personnage déjà décrit et de quelques
échantillons de menu peuple, il y avait une femme
d'une merveilleuse joliesse...

Un homme qui part dans des régions glacées
afin de chasser les bêtes à fourrure n'oublie pas
d'emporter pour se chauffer un briquet nickelé
d'une délicate perfection et c'est à ce briquet qu'il
tient le plus, car il sait bien que, s'il se trouve
égaré et loin de tout autre humain, il lui faudra
se faire du feu pour camper dans la neige, s'il ne
veut pas être bientôt rendu rigide comme un
arbre couché. Cette femme était ce briquet. Une
horloge qui va pour sonner minuit dans un air
purifié par la sécheresse ne le fait que si ses deux
aiguilles, la grande et la petite, coïncident avec
le rayon vertical de la moitié supérieure du cadran.

Cette femme était cette coïncidence. Une proposition métaphysique n'est valable que si la contradiction en est absente ou si les termes contradictoires s'y trouvent liés et conciliés. Cette femme était à la fois cette absence et cette liaison. Quand les oiseaux de proie prennent leur vol, ils fixent leur œil arrondi par un globe de menaces sur un point imaginaire de l'azur, vers lequel ils s'élancent en un jet rectiligne avant de tomber sur leur proie qui n'est que la transposition terrestre de ce point. Cette femme était ce point et sa transposition. En hiver, lorsque la débâcle commence, on casse la glace des fleuves à coups de pioche, afin que les fleuves puissent charrier ces énormes fragments avec des risques minima pour les navires. Cette femme était ce coup de pioche philanthropique, accélérateur pourtant de la débâcle. Lorsque les paysans ont peur les nuits d'orage, ils récitent leur chapelet. Cette femme était ce chapelet. Plutôt que de se rendre aux brutes policières, les bandits admirables se font sauter le caisson. Cette femme était le sang de ce caisson. Un nuage de maléfices rencontre un jour une haie d'épingles. Il lui dit : « Comment allez-vous ? » Cette femme était cette marque de politesse. Un usurier retors fut un jour brûlé par ordre de l'Inquisition. Cette femme était une flamme de son bûcher. Avant de monter sur l'échafaud, plus d'un révolutionnaire, victime de la réaction thermidorienne, à une bouche inconnue donna un ultime baiser. Cette femme était la saveur de ce baiser. Elle était la richesse

et la saveur, la siccité, la frayeur et la torpeur,
le mensonge des Croisades et de la guerre de
Sécession, l'animalcule qui s'appelle SILENCE, bien
que ceci soit notoirement faux étant donné qu'à
proprement parler le silence n'existe pas, le tourbillon végétal des robes de soirée en mal de luxe
pour tenter de lever un connétable, la fraîcheur
des myosotis sous un arbre à huit branches dont
le tronc, extrêmement noueux, est verdi de lichen
de place en place, le résultat inviolable des addi-
tions fatales, le respect dû aux décisions papales,
le C.Q.F.D. qui conclut les théorèmes, l'indice de
liberté qui pointe parfois dans le degré d'approxi-
mation d'une loi scientifique, le mouchoir dans
lequel est enfermé tout le bagage des émigrants,
la cendre qui n'est autre chose que le sédiment
laissé par le foyer, elle était tout cela, et la spirale
de ses cheveux réunissait ces termes contradictoires,
emportés par un vent dialectique vers l'angle de
la salle situé juste dans la direction du regard de
l'homme pétrifié.

Celui-ci, dès qu'il eut aperçu la femme, cessa
de prêter attention à sa bouteille. Le whisky s'en-
gloutit dans le maëlstrom du passé, lui-même aussitôt résorbé, et peu de rides à la surface mar-
quèrent sa disparition. Un vol d'éperviers venus
des quatre coins de la salle un instant se balança
autour du lustre central qui éclata soudain, pro-
jetant sur les assistants des débris de bobèches
et des morceaux de cire ardente. Une lampe de
lupanar persista seule à brûler, éclairant de sa

main flamboyante les intimes dessous de la scène
qui allait se passer, et c'est à cette unique lumière sensuelle que l'homme au smoking blanc,
ayant saisi sa bouteille d'un geste brusque, la
jeta par la fenêtre et l'envoya se pulvériser sur
les dalles du néant extérieur, dans un grand bruit
de verre brisé.

Tous les dîneurs, pris de panique, s'étaient
sauvés, laissant l'homme au smoking blanc et
la femme blonde face à face, plus solitaires que
sur un radeau, quand tous les compagnons un à
un se sont noyés et qu'il ne reste plus sur cet
amas de planches pourries, hormis le couple sur-
vivant, que la soif, la famine, l'angoisse, la tempête et l'amour né de la frayeur.

Alors, dans cette atmosphère dépouillée de toute
humidité et des brouillards touffus d'humanité,
dégagés du clavier des couleurs et de l'opposition
latente quoique nulle de la mort blanche et de la
mort noire, la femme blonde et l'homme blanc
mêlèrent leurs bras et firent l'amour.

Le pessimisme est un gratte-ciel à quatre-vingts
étages qui se dresse dans la banlieue de l'âme,
au bout d'une longue avenue bordée de terrains
vagues et de quelques boutiques très mal acha-
landées. On y accède par plusieurs escaliers ul-
tra-rapides qui le traversent, dans le sens de la
hauteur, depuis les caves jusqu'aux terrasses. Le
confort y est parfait et le plus grand luxe y est
de rigueur, mais les habitants, tous les vendredis, se
réunissent au rez-de-chaussée pour lire une bible
reliée en peau d'aveugle. Leurs paroles psalmo-
diques montent à travers les tuyaux, soupirent
dans les caloritères et ramonent les cheminées
revêtues intérieurement d'un enduit gras et noir
qui salit l'épiderme. Dans les salles de bains, l'eau
court perpétuellement et les douches s'abattent
sur les corps transis pour les cribler de sable. Le
dimanche, les literies se dévident toutes seules et
plus personne ne fait l'amour. Car dans cet im-
meuble qui, comme un phallus obscène, gratte la
vulve du ciel, on fait furieusement l'amour. La
plus belle des femmes y habite, mais nul ne l'a
jamais connue. On dit qu'elle se tient enfermée,
vêtue de fourrures et de plumes, dans un appar-
tement du premier étage, blanc comme un coffre-
fort. Ses fenêtres sont des ciseaux qui coupent
l'ombre et la respiration. Elle s'appelle AURORA.

C'est à hauteur des plus lointaines terrasses de
ce building que se tenaient l'homme blanc et la

femme blonde pour faire l'amour. Tous les lustres
s'étaient éteints, à l'exception d'une seule flamme
fuligineuse, et les hommes étaient rentrés dans
leurs médiocres cages, prisonniers qu'ils étaient
de leur coiffure, de leurs papiers, de leurs vêtements. Les murs de l'hôtel étaient parcourus de
crissements, comme si une multitude d'insectes
microscopiques les avaient perforés, tandis que
les robinets dans une chambre perdue laissaient
suinter l'eau goutte à goutte, ligne verticale et
pluvieuse, qui jamais ne parviendrait à se refermer
pour former un collier. Un chien aboyait dans la
campagne à une grande distance, et le vent de
ses abois ne forçait aucune porte, sinon celle de
l'ouïe qui, comme l'ouverture d'un coquillage,
livrait passage à leur écho. Venu du plus profond
des îles lointaines, là où le sanglot de la forêt se
confond avec l'opacité de sa couleur, un murmure
s'entendait et mille voix mêlaient leurs lignes
amoureuses comme sur une vitre les diamants de
mystérieux cambrioleurs.

« Dans quelque pays que nous soyons, disaient
ces voix, à quelques confins que nous aient portés
la soif, la faim et leurs tempêtes acides, c'est
toujours la même rafale de sable qui parchemine
nos visages. Un éclair fourvoyé se glisse à travers
la broussaille; il supprime nos ombres en nous
éclairant de la tête aux pieds. Plus haut que cet
obstacle que nous suscitent les lianes enchevêtrées
il y a les précipices sans fond de l'air, le torrent
des orages et les mines d'or qui s'agglutinent en

soleil. Quel trappeur parti des plus sombres faubourgs d'une ville européenne saura le capturer,
cet or dont les barreaux sont des béliers qui
frappent les prisons? Quel chercheur saura la
découvrir, cette chevelure miraculeuse dont la
courbure est la seule image véridique du jaillisse-
ment des sources, de la mort végétale et des
tournoiements d'oiseau de la passion? »

Puis les voix se dissipèrent comme une brume
lorsque à pas de loup s'avance midi, tous les mirages
s'anéantirent et le couple resta étendu dans le
vide, hors des sentiers du vent et des flèches
ténébreuses de l'orientation. Les deux cœurs se
gonflèrent peu à peu comme deux vagues chargées
d'algues, mais bientôt ils ne furent plus, naufragés,
qu'une seule de vos bouteilles, balancée sur ses
propres flots immenses, loin des sextants, des
méridiens et des inclinaisons.

Jusqu'au chant du coq l'homme blanc et la
femme blonde firent ainsi trembler le niveau secret
de leurs caresses puis, le jour venu, ils s'enfuirent
à cheval dans l'univers recomposé.

Les villes qu'ils visitèrent étaient toutes semblables. Il y avait toujours des rues industrielles,
des jardins et des places aménagées autour de
vagues statues. Les maisons entassaient leur
ciment de tristesse et les fenêtres, au faîte des
édifices, dardaient leurs prunelles éternellement
lasses sur les chaussées bitumeuses que nul soleil

n'était assez puissant pour faire craquer. Il y
avait toujours des crimes qu'aucune terreur poli-
cière n'était capable d'enrayer et, derrière les volets,
des créatures qui mangeaient, buvaient, faisaient
l'amour, insoucieuses de la vie des pierres et des
promesses étranges des perspectives de la chaussée.
Beaucoup de vagabonds erraient, mais nul n'avait
assez de force dans le regard pour faire crouler
pêle-mêle immeubles et monuments. Les paupières
usées des femmes battaient, comme de vieilles
savates qu'en hiver on heurte pour se réchauffer.
Les faiseuses d'anges chômaient continuellement,
pas un seul train d'âmes ne s'échappant du monde
avant de s'être pompeusement figé dans l'honnê-
teté, la crasse et le terreau gluant de la longévité.
Les musées bâillaient silencieusement de toutes
leurs salles, les bourses trafiquaient, tandis que
dans les rades les vaisseaux s'alanguissaient,
n'ayant plus pour les happer qu'un horizon toujours le même, puisque s'étaient centralisés en
deux individus toutes les puissances du rêve et
les tourments de l'imagination.

L'homme blanc et la femme blonde parcouraient
tous les pays, montés sur deux chevaux de couleur rosée. Ils traversaient les mers à la nage et
les crinières de leurs chevaux augmentaient les
bouillonnements de l'écume, cependant que les
poitrails devenaient de musculeux boucliers pour
résister au choc des vagues, lancées en gerbes de
pavés.

Le pôle Nord s'était montré dans sa froide nudité

de princesse noyée et les icebergs glissaient maintenant à la dérive, grosses pierreries détachées
des oreilles et abandonnées dans le velours bleu
sombre d'un écrin illimité d'eau salée. Le pôle Sud,
plus obscur, restait embrumé de voiles et c'était
une captive inconnue jetée dans un cirque glacial,
en butte aux sarcasmes des étoiles, aux cruautés
des ours blancs. L'équateur laissait flotter négli-
gemment les bouts de sa ceinture et peu s'en fallait que la terre même ne laissât glisser sa robe
maritime pour faire apparaître sa chair brune que
meurtrissaient des feux. Les équinoxes se succédaient comme des rondes de jeunes filles dont les
pieds rapidement rendent l'herbe houleuse ;
d'étranges chansons s'enroulaient aux perches tro-
picales; les boussoles s'agitaient pareilles à des
grillons. C'étaient les cinq parties du monde éten-
dues comme les doigts d'une main, et les deux
cavaliers en exploraient la paume afin de découvrir
dans ses sillons de vallées et de fleuves la ligne
majeure de leur destin.

Cette ligne, dont ils ne parvinrent jamais cons-
ciemment à démêler l'exacte trace, était extrêmement sinueuse et se tordait plus encore que ne
peut le faire un cheveu sous l'influence des variations atmosphériques. Des statues se dressaient
çà et là, humaines bornes kilométriques dont les
sursauts coagulés défiaient le ciel, qui tentait de
ronger leur pâleur avec sa mâchoire d'alcool bleu,
et les glaciers les plus lumineux, ceux qui vont
pêcher leurs écailles blanches jusque dans les pro-

fondeurs où les astres luisent comme des poulpes, décochaient leurs flèches de givre pour indiquer la route verticale qui seule aurait été capable d'abréger le chemin. Mais ni l'un ni l'autre des voyageurs ne prenait garde à ces signaux avertisseurs, et tous les corps du dehors restaient lettre morte pour eux.

L'ennui pourtant, l'ennui qui parvient à miner les plus orgueilleuses forteresses et s'introduit sans clef dans les villes à pont-levis, par le trou des serrures, devait être la sphère corpusculaire qui percerait la muraille transparente de leurs yeux et se fixerait, au zénith de leur monde passionnel, comme un soleil mort.

Ce n'est pas impunément que l'on vient sur terre et toute espèce de fuite est impossible. Le couple errant avait beau passer dans les intervalles des objets comme une comète, univers parfaitement clos compris entre le joint des bouches et celui des sexes, ces organes n'étaient point cependant si hermétiquement unis qu'il n'y eût pas de place pour une minuscule fissure, capable de laisser entrer l'ennui. Et cet ennui venait, messager des objets extérieurs, pour ramener dans leur pesant réseau cet astre formé de deux chairs qu'une libération éphémère avait situé, du fait d'un sanglant baiser, hors des gravitations.

Les chevaux s'attristaient et leurs sabots ne faisaient plus qu'un bruit très lent et monotone, identique à celui des fiacres dans les villes froides, la nuit, lorsque les rues sont boueuses et que celui qui écoute est harcelé par l'insomnie. Les amants échangeaient de lugubres regards et avaient juste la force de se sourire en voyant les saisons s'abattre devant eux comme de vieux oripeaux. C'était l'ennui qui restait maître du champ de bataille, et le couple, vaincu, n'avait plus qu'à s'enfuir, en ligne droite ou brisée, dans la neige mi-fondue et mélangée de terre, amalgame brunâtre qui constituerait désormais l'unique sol que fouleraient les pieds de ses chevaux.

Toutefois, l'amour ne baissait pas la tête; il maintenait toujours aussi haut sa crête d'ambre et d'écume et c'est

> comme un cadavre à son linceul,
> comme un tréteau à ses piliers,
> comme un glacier à sa montagne,
> comme une rivière à sa vallée,
> comme une surface à sa mesure,
> comme un sillon à sa charrue,
> comme un oiseau à son envol,
> comme une mer à sa marée,
> comme une flamme à sa lumière,
> comme une bouche à sa morsure,
> comme une sorcière à son bûcher,
> comme un alcool à sa saveur,
> comme un bourgeois à sa sottise,
> comme un soldat à sa lâcheté,
> comme une forme à sa matière,
> comme une facette à son cristal,
> comme une langue à son baiser,
> comme une musique,

comme une misère,
        une fringale,
        une idée,
        une fosse,
        un ravin,
        un sceptre,
        un clocher,
que la femme blonde et son amant (beaux exem-
ples de persévérance mélancolique des os à travers
les futaies jaunes et les entrailles vipérines de
l'ennui) l'un à l'autre étaient rivés.

Mais cependant (anneaux différemment lointains
prolongeant le tourment de cette chaîne) plusieurs
villes mortes tendaient leurs poings de cendre
vers le ciel, des oiseaux nidifiaient dans leurs
ruines et, malgré la pluie corrosive qui amincissait
cous et visages, les deux bouches parallèles filaient
le long de l'espace trop mal décrit par cet amour
présent, sur les berges que chargent de marchandises passagères les docks du temps.
    Sous l'acier définitif de ce couperet, les lèvres
s'amenuisaient, devenant plus blanches à mesure
que la débâcle du plaisir s'accentuait, sans qu'il
pût être question d'endiguer cette fuite des couleurs par quelque construction que ce fût, échafaudage abstrait d'étoiles ou mortier des pesan-
teurs stagnantes. Dans les nécropoles, des trou-
peaux de tombeaux étaient tondus par les rayons
solaires, afin que de cette laine moussue pussent

être composées les draperies du souvenir, tandis
que les cadavres transparents se perforaient de
filigranes, diagrammes métaphysiques plutôt
qu'artères ou ossements.

A cette ligne fragile — linéament même du destin
que suivait sans s'en douter le couple en mal de
destinée — tout était suspendu : les contraires
pareils aux plateaux d'une balance, l'alignement
de briques de l'identité, le dortoir aux lits tous
semblables mais peuplés par des corps légèrement
différents situé sous les combles de l'école humide
des dogmatiques, le mobilier qui rappelle la mort
plus sûrement que n'importe quelle horloge, les
chacals fielleux devant la tente de poil du messager BONHEUR, le cœur, pyramide souveraine dans
le désert du sang, l'âpreté des herbes divines
nourries des déclenchements de chair et d'os, la
lettre à cachet rouge signée par un vampire secret
qui ronge le blanc des interlignes, la mitrailleuse
dont les cartouches s'appellent *Désirs* et dont les
balles sont humaines, les âges préhistoriques
découverts à coups de coupes dans les sédiments
du malheur, la flèche qui s'ignore et se meut
cherchant la direction qu'elle a déjà trouvée dès
le départ, du bout de sa pointe fébrile qui se
rapproche du but à la vitesse des catastrophes,
les sexes qui se mêlent sans se confondre comme
des liquides de densités diverses, le météore
aveugle dont les yeux illuminent, la glace qui
rompt sous le poids des craintes superstitieuses à
moins qu'elle ne se pare de blessures légères sous

la morsure des bagues, l'amour qui lutte éternellement contre l'ennui de même que la couleur
rouge lutte contre le gris dans les ciels d'hiver
quand il fait du brouillard, la plongée des sondes
de plomb au sein d'un océan plus calme que la
vie végétative, le purin mortel destiné aux en-
grais, les flatteurs de la mort, courtisans armés
de cannes métaphysiques et de rubans verbeux,
le vol lourd des oiseaux dégoûtés de toute espèce
de migration et confinés dans l'arbre sec dont
les branches ne les protègent plus suffisamment
contre la mort, les bureaux de poste dans lesquels
les timbres, journellement oblitérés, sont mis à
mort, les conduites d'eau désespérées qui inter-
disent aux robinets de se boucher sous peine de
mort, les deux pylônes inégalement élevés qui
marquent l'entrée des boulevards de la mort, les
belles affiches de la lumière enfin, feux d'artifices
de duperie, râteliers d'or sur les gencives du néant.

Une telle série d'objets, étagée comme un flux,
doit nécessairement en voir une autre lui succé-
der comme étant le reflux. C'est pourquoi brusquement apparurent : les rues chaudes qui sont
les vraies artères d'une cité parce que les globules
rouges des joies charnelles s'y faufilent, la délica-
tesse d'un pied féminin fasciné comme une alouette
par le cuir miroitant qui l'emprisonne, les rires
qui percent l'air comme des tire-bouchons pour
en soutirer le vin d'une abjecte bombance, la vie
cachée des viscères frénétiques, le pendule de
larmes sous la coupole d'un vagin. Mais toutes

ces tiges diverses se confondirent en un même
champ et l'on put voir soudain, sous un ciel dur
et absolument bleu, l'homme blanc et la femme
blonde, dégagés du bourbier neigeux dans lequel
ils se perdaient depuis des siècles, galoper près
des terres labourées, franchir ruisseaux et haies,
et s'avancer vers un point mystérieux de l'horizon qui les attirait indéfectiblement, comme le
lieu futur d'une caresse neuve.

Non loin du palace où commencent à monter
les premières vagues de cette histoire, sur la lisière
d'un grand désert de sable, s'élève un bagne qui
a la forme d'un gigantesque cône, tronqué à très
peu de distance de son sommet.

Les cachots sont échelonnés le long d'une galerie spirale; les plus élevés, réservés aux condamnés
à mort, n'ont de lucarne que sur l'intérieur, de
sorte que les regards de ceux qui y sont prisonniers
peuvent plonger directement dans le puits formé
par le milieu du cône, cylindre demeuré vide et
dans lequel les rayons du soleil, lorsque sonne midi,
tombent tout droit et se tiennent debout comme
des armes dans un râtelier. En bas sont les loge-
ments occupés par les geôliers, mais contrairement
à ce qu'on pourrait croire ceux-ci ne se montrent
aucunement inquiets d'avoir au-dessus de leur
tête toute une vis de malédictions due à la con-
nexion de ces deux causes : la disposition spiralée
des cachots et la révolte inhérente à la sinistre
condition de prisonnier.

Tout autour du cône s'étend le sable, vallonné
de petites dunes dont la figure est, non pas spirale
comme celle du bagne, mais sinusoïdale. Seuls les
tourbillons du vent correspondent à la géométrie
des cachots et parfois ils s'y engouffrent avec le
sifflement, justement vrilliforme, des serpents.

Le désert est une roseraie dont les pétales sont
tombés entre les doigts de ce mauvais jardinier
jaune dont le râteau est constitué par des rayons
brûlants. Aujourd'hui, un maître d'école invisible

est le seigneur de cet espace et les espaliers, bagne
des roses, sont devenus des escaliers. Nuit et jour,
un certain nombre de forçats circulent à travers
la spirale et leurs chants ne sont jamais que de
tristes leçons :

Déclinaison.

Nom.	:	moi
Gén.	:	mythe
Dat.	:	mie
Voc.	:	merde !
Acc.	:	mue
Abl.	:	mort

Conjugaison.

Ind. prés.	:	je mords
— imp.	:	je murais
— parf.	:	je m'ourdis
— futur	:	je m'ordonnerai
Conditionnel	:	je muserais
Subjonctif	:	que je m'use
Supin	:	mortel
Gérondif	:	amour

Lorsque les cavaliers furent parvenus au pied
de cette prison, les voix des forçats se turent, et
le cône commença à tourner sur lui-même, d'abord
lentement, puis très rapidement.

Dès qu'il eut atteint une vitesse pleine et uniforme, il se mit à osciller sur sa base puis, brusquement, il bascula complètement et s'enfonça
dans le sol, entraînant geôliers, condamnés et con-
jugaisons dans ses replis cachés de vrille. Mais
cette disparition ne devait pas être totale, ou devait tout au moins rester marquée par quelques
signes, — aussi quatre longs sillons, venus chacun
d'un des points cardinaux, apparurent-ils et, se
rejoignant bientôt tous quatre au point médian,
tracèrent sur le soi, à l'endroit présumé où les
habitants du bagne devaient mener maintenant
une vie souterraine et réduite à l'état de reflet,
la figure d'une croix. En même temps, les deux
chevaux roses se dépouillaient de leur enveloppe
charnelle et n'étaient plus bientôt que deux squelettes extrêmement sales munis chacun d'un mors
rouillé.

L'homme blanc et la femme blonde se trouvèrent ainsi les pieds au sol, les pointes diversement
aiguës de leurs souliers rangées sur une même
ligne droite, parallèle à l'une des branches de la
croix. Leurs bouches séchées par l'âpreté d'un
aussi long voyage n'étaient plus que deux oiseaux
fossiles emprisonnés dans l'air dur comme la
houille, filon d'amour qu'ils avaient parcouru
dans toute sa longueur sans parvenir à en ex-
traire autre chose qu'un métal propre aux cris-
tallisations rêveuses. Leurs doigts, en quatre
groupes séparés, s'allongeaient à peu près verticalement dans la direction du sol et leurs regards,

perpendiculaires à ce faisceau de lignes digitales, fuyaient vers la zone extrême de l'horizon comme pour détruire cette emprise rigide de la géométrie par une autre géométrie, mais celle-là sans limites.

A peu de distance du point d'intersection des deux branches de la croix, se montrèrent les débris d'une bouteille, tessons plus lourds mêlés aux tessons fins de sable de la roseraie brisée. Dès que l'homme les eut aperçus, il rompit l'ordonnance géométrique de la position de ses doigts, rompit celle également de ses pieds et de son corps, s'avança vers ces fragments de verre et, les ayant ramassés, les joignit à l'anneau de fer dont, par un mouvement violent, il avait réussi à libérer son poignet. Tenant ces différents objets dans sa main gauche, il marcha jusqu'au point de rencontre des sillons et, enfonçant son bras aussi loin que possible dans le sable, il les enterra au centre de la croix, puis revint se placer aux côtés de la femmeblon de. Mais il remarqua alors que son bras gauche n'était plus souple comme autrefois et se présentait blanc, dur et nu maintenant comme le bras de pierre d'une statue. C'est à ce moment que, la femme blonde lui ayant demandé son nom, il lui posa la même question et qu'elle répondit : « Aurora ».

La voix qui prononça ce nom était aussi rauque et fraîche que ses trois syllabes et le mot AURORA s'étendit, doux et pur comme le désert.

Bagne englouti, les rougeurs de la terre s'étaient changées en poussière incolore et seule une croix

découpait quelque chose sur l'uniforme plan de
sable. Aurora parlait et chacune de ses paroles,
comme si elle avait participé de la substance de
son nom, allait remuer une parcelle très minime
du désert et modifier la figure de la croix. A
mesure qu'Aurora s'avançait dans le dédale des
phrases où elle était sa propre Ariane, munie du
fil si plein de sens de sa respiration, le point
médian se haussait en effet, peut-être sous la
poussée secrète de la spirale du bagne, tentant
de revenir à la surface pour entendre Aurora.
Les quatre sillons, entraînés par ce mouvement,
restaient liés au point médian et, leurs points
d'origine gardant malgré cela leur immobilité première et cardinale, ils devenaient peu à peu les
arêtes obliques d'une pyramide que son sommet,
s'élevant de plus en plus haut, n'aurait pas man-
qué de changer en lame quadrangulaire de poignard, pour peu qu'Aurora eût persisté à parler
encore quelque temps.

« La finesse du miel est une couleur plus douce
que la patine du temps, disait Aurora dont les
prunelles élargies regardaient distraitement la pyramide s'accroître. Lorsque les routes s'étendent
sous les pas du voyageur comme des bêtes ter-
rassées et que la fièvre, chue de la cime des arbres,
n'est plus qu'un petit grelot liquide propice à la
danse souvent sans grâce de la tête, les ossements
gravissent leurs pentes crématoires et les oublis
torrides effacent au fer rouge les tatouages des
crânes, plus souillés par ces dessins bleuâtres que

ne le sont par les graffitis les membres des statues.
Au ravin où la terre brûle vos vieilles formes de
paille, trépassés! quand l'amalgame de sang, de
peur et de douleur qui forme le sceau de vos
passeports se liquéfie entre les doigts de mystérieux
ambassadeurs, plus simple que le tonnerre ou que
le cri du chacal égyptien la pyramide se pose. Le
geste rond des embaumeurs pour envelopper les
corps de bandelettes, le vol des milans qui étendent à l'air lui-même la figure circulaire des plus
hautes tourelles, le travail des socs quand les
meubles de bois se déchirent et craquent sous leur
faix de fantôme, le métal luisant des forêts d'ex-
ploitations diverses, la roue stupide du rémouleur
qui jamais n'affûtera le vrai couteau des assassins,
toutes ces morsures externes de valeur plus ou
moins acceptable se fondent dans ma propre bouche
sans l'entamer, dès que la pyramide d'Egypte se
dresse comme un anti-ciel, monceau d'espace
solide et d'astres retournés. La grêle du mot
TEMPÊTE crible mes joues de coups d'épingles. Ma
gorge luit comme un poisson. Je dessèche la sueur
du temps à grands remous de mon ventilateur
Espace. Je décapite les rois des directions sur le
billot du *Temps.* Un pharaon vêtu de rouge
brandit sa hache, la reine des fornications. Le vent
des cimetières prend le large comme un oiseau de
vaste envergure et se lance à travers les frontières
humaines, toutes plus bêtes que des poteaux des-
tinés à l'indication des routes, à la torture ou aux
exécutions. Que la foudre s'écrase et répande son

pollen électrique sur les flancs les moins putrides,
si les gares de triage ne rassemblent pas le bétail
des nations, petits poivriers sans saveur et combien faibles de piquant! Un azur éperdu éclate
au Nord, mais le Nord, taillé dans un bois blanc
et sale, ne vaut guère mieux qu'une moissonneuse
mécanique. J'écoute la clameur rationnelle des
feuillages dans les bois, mais je lui préfère à
beaucoup près la chanson douce des chemins de fer.
Un jour, un enfant qui n'avait encore tué ni père
ni mère m'offrit une croix de repentir; je lui ré-
pondis par une porte de cercueil. Son sexe se
dressait comme le signal « fermé » le long d'une
voie de marchandises; je l'attirai doucement sur
la plaque tournante de mon sein. Alors il se mit
à gémir et chacun de ses cris engendra trois cra-
pauds qui sautèrent aussitôt et sautent encore
éternellement, plus gluants que des constellations.
Une mine d'étoiles s'étant renversée du ciel sur ma
tête, j'attaquai le ciel noir et j'en fis un glacier rien
qu'en lui appliquant la pâleur de mes orteils. Je
suis la Feuille et je suis tout, mais avant tout je
suis *sérieuse* et mes plus beaux pendants d'oreilles
sont des pendules de gravité. Les pendeloques
de verre qui se balancent au bas des robes de
haute couture ne sont que les avant-courrières de
mon destin, des signaux de cristal, des sirènes
d'alarme taillées dans l'écume de la mer, quand
la peuplade obscure des noyés s'exerce à des migrations lointaines, sous-marines comme tout ce
qui constitue réellement le Sérieux. Et j'éclate de

rire devant cette pyramide que mes yeux de
vapeur viennent seulement de commencer à discerner, et je me couche de tout mon long sur ce
sable concret, bâtonné de petites rides comme
un bandit en Place de Grève. Monde loquace
armature des amphores. La caresse imaginaire de
mes cuisses sérieuses, une vallée double la mûrit... »

Aurora se tut un moment mais, ayant tourné
vers son compagnon ses yeux striés de stratifications rouge sombre, d'une voix fine mais rugueuse
comme la ligne d'encre noire qui décrit le procès
d'un tremblement de terre sur la feuille de papier
blanc d'un appareil enregistreur, elle se mit à
chanter la romance suivante qu'elle accompagnait
en remuant légèrement les hanches et en portant
alternativement chacune de ses deux mains à hauteur de ses cheveux, jaunes comme la paille d'un
agreste repos :

La maison des frères du soupirail
à mi-côte entre les caisses et les palmiers
n'est pas responsable de la parallélité des rails
du chemin de fer dont les wagons sont des paniers

Une bonde d'un tonneau de fantômes
marinés dans le vin vieux
s'ouvre pour que soient dérangés dans leur home
ceux qui croient encore au Bon Dieu

Un désert sec comme l'alcool qui se dépose
roussi par les bougies de fiel
fulmine si le sable se décompose
poudre d'osselets poudre de miel

Montagne des raisons passagères
sinueuse en pas d'hélice de paquebot
les pics sont des turbines glacées qui serrent
dans leurs bras blancs figés la vapeur des sanglots

Un aigle un plésiosaure une croix
trop d'insectes murés entre les rouages
minent le bois des pieds des trônes des rois
encaustiqués par la cire des âges.

Le silence reforma un instant sa nappe d'huile
lourde propre à d'innombrables combustions ca-
chées, mais bientôt y tombèrent des cris venus de
la pyramide, qui mirent le feu aux poudres. Peut-
être étaient-ce les forçats prisonniers qui massa-
craient leurs geôliers, puis s'entre-déchiraient, saisis
soudain d'une fureur de meurtre collective et es-
pérant que l'âcreté morose de leur sang serait capable de ronger les pierres énormes qui consti-
tuaient la chair de leur nouvelle prison?

Dans un assez vaste rayon autour de la pyramide, de légers remous commencèrent à agiter la
surface du sable, et peu à peu des membres apparurent, d'abord ruisselants de sang, puis durs et
bien lavés comme des fragments de marbre. Divers
oiseaux coupaient l'air de leurs ailes pareilles à
des rasoirs, et de grands pans de perspective se
formaient, décors plantés là pour un acte final qui
sûrement s'achèverait de la seule façon satisfaisante
qui soit, c'est-à-dire dans un torrent de sang.

Aurora cependant semblait avoir oublié l'homme
qui se tenait à côté d'elle, rigide comme une mo-
mie, enveloppé de toutes les bandelettes terrestres

dont il avait cru, pendant un temps, se libérer. Aurora regardait seulement le sommet de la pyramide sans craindre pour l'acuité de son regard la rivalité du point de jonction des quatre arêtes.

Rien ne pouvait faire prévoir quand cette situation se métamorphoserait. La pyramide restait immuable dans la nuit maintenant tombée, grand tas de charbon posé dans les entrepôts du passé et de l'avenir, sur les berges du fleuve invisible le long duquel s'opère le trafic entre les régions rationnelles d'une part, et les pays lointains d'autre part, dont arrivent parfois sur des vaisseaux sans couleur les marchandises épicées d'angoisse et les amers produits. Le ciel géométrique reflétait d'innombrables polyèdres, dont seuls apparaissaient les os les plus aigus, points pâles comme de la craie. Une éternité palpable donnait à l'atmosphère une dureté métallique et les tronçons de corps épars devenaient de plus en plus nombreux, transformant le désert en un large champ fantômatique, plein de fleurs de poussière et de statues brisées.

Lorsque le cri du dernier forçat se fut fait entendre ainsi que le mol écoulement des dernières gouttes de son sang, Aurora, abandonnant son compagnon, qui semblait de nouveau, et cette fois pour jamais, pétrifié, marcha droit à la pyramide et, parvenue à son pied, commença lentement à la gravir en s'aidant de ses mains qu'aucun travail humain n'avait jusqu'alors déflorées.

Arrivée au sommet, elle se mit nue et écarta les jambes, de manière que la pyramide fût pour elle

une espèce de pal : l'une de ses jambes coïncidant
avec l'arête Nord de la pyramide, l'autre jambe
avec l'arête Sud, et son sexe touchant la pointe
qui l'égratignait de son ongle de pierre. Ses cheveux dénoués flottaient au-dessus d'elle, unique
ondulation vivante dans ce monde désolé. Le vent,
qui n'avait rencontré dans le désert aucun obstacle, se mouvait avec violence et sa lame dentelée
faisait tourner le corps d'Aurora, triste girouette
en proie aux volontés sadiques de ce tyran.

A chaque révolution d'Aurora autour de l'axe
de la pyramide, un peu de son corps s'en allait
par lambeaux et la pyramide se colorait de sang,
vers le haut d'abord, mais de plus en plus bas à
mesure qu'Aurora s'émoussait, esclave de la sen-
sualité du vent.

Toute la moitié supérieure de la pyramide était
maintenant teinte en rouge, et seule la tête d'Aurora restait posée sur le sommet, sphynx nouveau
dont on eût pu croire le corps emprisonné dans la
masse de pierre qui en réalité n'était que son support. Les yeux d'Aurora s'étaient fermés avec lan-
gueur, mais sa chevelure continuait à flotter, dernière partie consciente d'elle-même et demeurée
plus caressante qu'une couleuvre.

Lorsque la pyramide fut rouge du haut en bas,
brusquement le vent tomba. La chevelure d'Aurora
hissait encore sur le sommet sa crête diffuse, vapeur
rousse émergeant du cratère d'un volcan, mais déjà
un grondement souterrain ébranlait tout le désert
et les étoiles s'obscurcissaient.

Un cri jaillit tout à coup : c'était l'homme mo-
mifié qui s'engloutissait dans le sable, en même
temps que tous les membres de marbre disparais-
saient.

Alors la chevelure d'Aurora se transforma en
tourbillon de flammes, les comètes les plus éloignées
accoururent en un clin d'œil pour augmenter de
leurs cheveux incandescents l'ardeur de ce brasier,
tandis que la pyramide, se déformant, devenait
subitement terreuse et n'était plus l'instant d'après
qu'un monstrueux volcan rejetant, dans un flot de
lave qui mieux que le soleil calcinerait tout le désert, les viscères déchiquetés et les débris de chaînes
des morts qui y étaient prisonniers.

III

A peine s'était éteinte l'éruption du volcan
créé par le contact de la chevelure d'Aurora avec
le sommet de la pyramide qui venait de limer
tout son corps, à peine s'étaient refroidies les
laves et les scories, emprisonnant une incalculable
quantité d'insectes dans leur gangue, que, juste
du côté vers lequel devaient être tournés autrefois les pieds du cadavre desséché à qui une semblable pyramide d'Égypte avait servi de mausolée,
un vaisseau apparut, minuscule trait vertical sur
l'horizon, mais qui eut atteint bientôt une grandeur suffisante pour occuper la totalité du paysage.
Un pavillon blanc flottait à la poupe, sur lequel
était peinte en couleur d'arc-en-ciel l'inscription
suivante :

α   et   ω

  Lamartine a dit :

C'est la cendre des morts qui créa la Patrie.
Chaussez-vous tous avec la peau de vos ancêtres,
ainsi vous serez toujours sûrs d'emporter
votre patrie à la semelle de vos souliers.

                        C.Q.F.D.

Un jeune homme chaussé de brodequins de cuir fauve et portant le bras gauche en écharpe dormait au milieu du pont, face tournée vers le ciel, allongé sur une plaque de bois grossière qui l'élevait à quelques centimètres au-dessus du pont. Le vaisseau marchait dans une direction perpendiculaire au mouvement solaire; il semblait vouloir couper avec son mât la trajectoire de l'astre, afin que celui-ci tombât dans la mer comme un fruit dont on vient de trancher la tige recourbée. Entre toutes les écailles de l'air pourtant brûlant, le souvenir d'Aurora se lovait comme la couleuvre blanche qui habite les crevasses les plus froides dans les régions polaires. Nul être vivant, excepté le passager endormi, ne semblait habiter le bateau, mais celui-ci sans doute était mû par quelque mécanisme secret car, malgré la bonace qui laissait ses voiles pendre ridées comme des joues de vieille femme, il avançait continûment, traînant derrière lui un sillage qui le faisait ressembler à une méditation philosophique sur l'enchaînement des causes dans l'histoire.

La nuit venue, le navire persista dans sa marche et traversa dans toute son étendue l'immense grotte sonore d'où pendent des stalactites d'étoiles, jusqu'au premier soupirail non grillagé du jour. Se trouvant alors au fond d'une petite crique, il stoppa; le jeune homme en descendit, gagna la rive à pas somnambuliques, s'étendit sur la limite de la terre et du sable et y poursuivit son sommeil, cependant que l'énigmatique véhicule reprenait

sa route, les voiles gonflées cette fois, et le mât
braqué comme un index vers le ciel qui se colorait
d'un bleu ignoble.

Lorsque le dormeur s'éveilla, c'était marée basse.
La mer s'était retirée, laissant le fond de toute
la crique à découvert et il n'était pas difficile de
savoir, d'après ce qu'il en restait de vestiges,
qu'un temple très important s'était jadis élevé là.
Mais, outre les colonnades brisées et les cubes de
pierre descellés qui gisaient à terre parmi les
coraux et les algues, le jeune homme aperçut, en
parcourant ces ruines, divers objets dont il ne
comprit pas quelle avait pu être, en un tel lieu,
la raison d'être. Il s'agissait en effet d'un énorme
coquillage à une seule valve fendue longitudi-
nalement (coquillage qui, d'après sa position
centrale, visiblement calculée, avait été placé là
dès l'époque du temple et non apporté par la
mer après coup) et de plusieurs outils à demi
mangés par la rouille : deux bêches, deux pioches,
deux longues scies de métal flexible, un croc de
boucher et deux morceaux de métal en forme de
fers de lance.

Le jeune homme se demandait quel avait pu
être l'usage de ces instruments et quel cataclysme
marin avait ruiné le temple, lorsqu'il remarqua,
entre l'emplacement de ce dernier et la limite
jusqu'où la mer avait reculé, les débris d'une
digue de forte maçonnerie qui sans doute empê-

chait autrefois qu'à marée haute la mer ne rem-
plît la crique, protégeant ainsi le temple contre
les flots qui normalement auraient dû le recou-
vrir. En cas d'invasion ennemie, il est probable
que la digue était systématiquement détruite, et
la mer transformée ainsi en une gardienne inviolable des objets sacrés. Ainsi avait dû raisonner
le constructeur prévoyant de ce temple, songeant
à tout, sauf à la marée basse. C'est pourquoi le
jeune homme — qui venait de faire rapidement ces
déductions — poussé à la fois par la curiosité et
par la soif de l'or, résolut d'explorer minutieu-
sement les ruines du temple, afin de savoir si
quelque trésor n'y était pas caché.

Après de longues mais infructueuses recherches
ce personnage à brodequins de détective, dépité,
allait quitter la crique, lorsqu'il remarqua que
le coquillage central n'était pas tout à fait stable
et qu'une faible pression du doigt suffisait à le faire
osciller. Poussant un peu plus fort de ses deux
mains (non sans avoir au préalable dénoué négli-
gemment l'écharpe qui soutenait son bras gauche),
il réussit à faire basculer la coquille et s'aperçut
alors que sa face postérieure dissimulait l'entrée
d'une salle souterraine. Bien que cette cavité fût
entièrement remplie d'eau, le chercheur n'hésita
pas à y pénétrer.

Obligé de se hâter de manière à avoir terminé sa visite avant que la respiration lui man-
quât, il s'apprêtait déjà à remonter à l'air libre,
sans avoir rien découvert, quand, promenant la

paume de sa main sur un des murs, il sentit un contact métallique. Il s'empara vivement du corps qui avait été cause de ce contact et, l'ayant sans peine enlevé de la fissure entre les lèvres de laquelle il était précédemment serré, d'un coup de jarret revint à la surface.

Le plongeur s'assit alors sur un tronçon de colonne et entreprit d'identifier son butin. L'ayant soigneusement débarrassé des herbes et des menues coquilles qui le recouvraient, il s'aperçut à ce moment que l'objet qu'il avait cru précieux parce qu'il l'imaginait provenant d'un trésor n'était qu'une simple plaque de tôle rectangulaire, gravée il est vrai d'une multitude de caractères, lisibles encore bien que presque effacés. Après de pénibles recherches (plusieurs fois désespérément reprises alors qu'elles venaient d'être abandonnées), le jeune homme aux brodequins de cuir fauve parvint à reconstituer à peu près le texte suivant :

« Aujourd'hui 25 larmier de l'an 800 du Crépuscule Corpusculaire, moi Damoclès Siriel, hiérarque de ce temple, je lègue mon histoire aux hommes, non que j'accorde une quelconque importance à la postérité, mais parce que j'ai toujours été naturellement enclin à l'exhibitionnisme.

Vingt-huitième et dernier de la dynastie des Hiérarques, avant d'abandonner ce sanctuaire que les flots d'ici peu auront englouti, — m'en allant sur le fragile esquif aux qualités nautiques

duquel j'ai confié mes os et mon destin, — entre
deux pierres de la matrice souterraine dont j'étais
seul à posséder la clef, je laisse cette tôle ondu-
lée sur laquelle j'ai gravé moi-même le récit de
ma vie jusqu'à la catastrophe fatale qui marque
son déclin.

Enfant, j'étais déjà cruel. Je haïssais les hommes (tristes animaux tout juste bons à s'accou-
pler) et même les bêtes et les végétaux, ne
gardant quelque amour que pour ce qui est ina-
nimé. La vue d'une face barbue me mettait en
fureur. Des femmes je n'aimais guère que leurs
parures de cristaux. Lorsque je les voyais nues,
pour que mon désir fût excité, il me fallait ima-
giner qu'elles étaient des statues, des êtres froids
et rigides, sans viscères et sans peau, et non la
variété femelle de ces petites outres sinueuses
pleines de sensations mal définies et de sanglots
qui s'intitulent les *hommes*. Mon propre corps, je
ne le regardais qu'avec dégoût; j'usais de tous
les ingrédients aptes à lui donner un aspect granitique et souvent il m'arrivait de rester immobile
durant des heures entières, pensant ainsi me
rapprocher dans une certaine mesure des statues.
Ce n'est qu'à la tombée du jour, à l'heure où la
plupart des hommes regagnent leurs cachots pour
un infâme sommeil ou pour la piètre volupté
qui perpétue l'espèce, ce n'est que quand le soleil avait éteint les rayons qui réchauffent cette

engeance qu'un flux nouveau s'engageait dans
mes membres et que, pour moi, la vie réelle
commençait.

Sorti de la maison familiale par un trou percé
dans le mur avec mes ongles, j'errais longuement
dans la campagne, à travers les plaines stériles,
et je contemplais les étoiles, belles pierreries dont
l'éclat froid me ravissait. J'examinais attentive-
ment la diversité de leurs couleurs et je les
groupais mentalement en d'infinies combinaisons,
mais j'aimais à songer surtout (et c'était là le
thème central de mes méditations) qu'un jour
peut-être, transformées en multiples bolides, elles
viendraient écraser la terre sous une avalanche
de dureté, faisant ainsi disparaître toute souillure
vivante de la surface du globe. La terre elle-même
pourtant, le socle sur lequel mes pieds étaient
posés, je ne la haïssais pas, car je la concevais
comme une étoile. C'est tout au plus si je lui
aurais fait grief de ne pas me laisser l'admirer
dans la splendeur de sa sphéricité. Mais je sou-
haitais que la fin du monde fît éclater ses tor-
pilles incendiaires au plus vite, parce qu'elles
seules seraient capables d'anéantir les hommes
dans leur totalité.

Les rares d'entre eux qui me voyaient passer (je
dis « les rares » à cause de l'heure tardive de
mes promenades et aussi parce que chacun se re-
tirait de mon passage, depuis que j'avais frappé
à coups de silex les quelques camarades que j'avais
eus dans mon jeune âge, pensant que de leur

corps jaillirait, non pas la pourriture du sang,
mais des étincelles capables d'embraser le ciel),
ces quelques êtres qui me croisaient dans mes
randonnées nocturnes, rien qu'à l'aspect de ma
démarche raide, de mes gestes qui semblaient
entravés par des tonnes de rocher, comme s'ils
avaient aperçu un serpent venimeux, instincti-
vement se mettaient à frissonner. Ils n'ignoraient
pas que je les vomissais, eux et leurs courbures
indécises, leurs sueurs invérifiables et momenta-
nées, n'ayant de goût que pour les rocs, les perspectives des édifices, les astres et le vaste plan
nu de la terre bien égale lorsqu'elle est dépourvue
de toute irrégularité.

Car je dois dire que de tout temps la vie s'est
confondue pour moi avec ce qui est mou, tiède
et sans mesure. N'aimant que l'intangible, ce qui
est hors la vie, j'identifiai arbitrairement tout ce
qui est dur, froid, ou bien géométrique avec cet
invariant, et c'est pourquoi j'aime les tracés anguleux que l'œil projette dans le ciel pour saisir
les constellations, l'ordonnance mystérieusement
préméditée d'un monument, le sol lui-même enfin,
lieu plan par excellence de toutes les figures.

Mais que nul n'imagine que cet amour intemporel du froid, de l'immuable, ainsi que des formes
géométriques puisse correspondre à un goût si
minime qu'il soit de l'ordre et de l'intelligence.
Je me moque bien en effet de ces deux excrétions
humaines et si un édifice ou une figure quelconque
me séduit, ce n'est aucunement par le fait même

qu'il soit proportionné, mais simplement parce que cette proportion me donne l'illusion de son éternité.

Nuit et jour la mort me surplombait comme une morne menace. Peut-être m'efforçais-je de croire que je la déjouerais par cette minéralité, qui me constituerait une armure, une cachette aussi (pareille à celle que se font de leur propre corps les insectes qui feignent d'être morts pour résister à un danger) contre ses attaques mouvantes mais infaillibles. Craignant la mort, je détestais la vie (puisque la mort en est le plus sûr couronnement), —de là mon horreur pour tous ces hommes pareils aux monstres qui m'avaient engendré, monstres eux-mêmes, qui ne cessaient de mettre au monde d'autres monstres, puisque tout ce qui vit en attendant la mort, à commencer par moi, ne peut être que monstre.

Lorsque je rêvais, je voyais le plus souvent des avenues désolées bordées d'échafaudages de métal, des chevaux réduits à leurs éléments mécaniques, mais parfois aussi des femmes blanches et vivantes dont je mordais les lèvres... Car du baiser (même si j'en parle apparemment avec douceur) je n'ai jamais connu que la morsure, la chair ne me paraissant bonne à être caressée qu'à cette seule condition que simultanément elle soit dévorée. Ainsi, l'amour pour moi fut toujours lié à cette idée de la dureté, mes dents, froides pierrailles de ma bouche, me semblant dès cette époque l'organe qui, plus que tous les autres, à l'amour était destiné.

Jeune, je m'étais contenté, comme je l'ai dit, de frapper mes amis jusqu'au sang, d'arracher les plantes du sol, de torturer les animaux et aussi de violer quelques filles rencontrées par hasard, lorsque leur corps me paraissait assez dur et suffisamment blanchi par la poussière des routes ou bien bronzé par les rayons solaires pour que je pusse croire que ce n'étaient pas là des créatures terrestres, mais d'inhumaines idoles. Ayant assouvi mon désir, je m'enfuyais, sachant que pas une d'entre elles n'oserait raconter quoi que ce soit, par crainte de ma vengeance, et souriant aussi à la pensée que chacune emportait sur un coin de sa chair, sous forme de morsure, la trace de ma mâchoire. Mais je n'avais pas encore, à cet âge incertain, réalisé tout mon génie.

Lorsque mon père mourut, sa dignité m'échut. On me revêtit solennellement de la gaine de soie blanche à double panier et de la toque écarlate (dont le but était de me faire ressembler à un membre viril), insignes dérisoires de ma qualité nouvelle, et je devins hiérarque. Extrêmement mécontent tout d'abord, parce que je pensais que cette fonction amoindrirait ma liberté, j'en fus bientôt enchanté au contraire, lorsque j'eus songé (ce qui ne m'était pas venu à l'esprit dès l'origine) que, le titre de hiérarque me conférant une pleine immunité, je pourrais réaliser mes plus sauvages désirs sans avoir le moindre châtiment à redouter.

J'avais à ma disposition un grand nombre de

femmes, esclaves au service du temple et qui me devaient complète obéissance, sous peine de mort. J'étais également assuré de leur silence, car elles vivaient cloîtrées et étaient même pour la plupart choisies parmi des muettes. Tout ce que je pouvais faire, d'ailleurs, en fait d'excès purement sensuels restait sans importance, le peuple étant accoutumé aux orgies périodiques que requérait le culte et par suite peu capable de se scandaliser s'il apprenait qu'il s'en faisait d'analogues dans mon palais. De plus, mon nouveau rôle qui, comme je viens de le dire, me rendait en quelque sorte invulnérable, ne constituait-il pas déjà le plus sûr bouclier?

Je fis donc aménager d'abord trois salles du palais pour mes plaisirs particuliers. Dans la première il y avait un bloc de glace, dans la deuxième des fouets et des rasoirs, dans la troisième, toute en marbre, il n'y avait rien. Les femmes que j'avais distinguées parmi les prêtresses étaient amenées dans la première salle. Il s'agissait pour moi de savoir si leur chair était suffisamment dure pour pouvoir me contenter. Aussi les faisais-je mettre nues et coucher à plat ventre sur le bloc de glace. Au bout d'une quinzaine de minutes, je les faisais relever. Celles dont la pulpe ressemblait à la matière des statues laissaient, creusée dans la glace, une empreinte assez nette de leur corps; les autres une empreinte tout à fait indécise de chair molle et incapable de se mesurer avec la neige solidifiée. Les unes comme les autres étaient entraînées dans la seconde salle, mais, alors que les premières étaient délicatement rasées et épilées, de manière à ne plus avoir rien d'animal, même la chevelure, je faisais fouetter les autres jusqu'au sang, sachant que la fustigation est excellente pour affermir les chairs. Les premières seules, une fois bien lisses et bien polies des pieds au crâne, étaient admises dans la dernière salle et je faisais l'amour avec elles, étendu sur les dalles de marbre, que je préférais, vu leur dureté et leur netteté géométrique, à tous les coussins et divans de repos. Il arrivait presque toujours que je les blessais d'un coup de dents ou qu'elles se relevaient couvertes d'ecchymoses dues au choc spasmodique de leur corps contre les dalles. Alors je les faisais couvrir de bijoux qui masquaient leurs blessures, en même temps qu'ils exaltaient mon âme de leur spectacle et endormaient leur rancune misérable d'esclaves.

A faire l'amour ainsi, avec ces femmes d'albâtre aux crânes plus nus que des cailloux, presque aussi dures et blanches que le sol dépouillé qui supportait leurs membres, il me semblait que je parcourais des glaciers, que je marchais pendant des heures à travers des champs de neige, à peine troublés par un soleil rougeoyant auquel l'hiver donnait cet aspect net et métallique. Je ne caressais plus des femmes, mais des rivières gelées et des étangs solides sur lesquels mes pensées pouvaient amoureusement glisser comme une troupe de patineurs écrivant, diamants imaginaires sur

ce miroir imaginaire, le seul nom féminin que
j'aie jamais pu tolérer, à cause de son adorable
froideur, je veux dire AURORA... Mais ma jouis-
sance n'était jamais qu'une grande débâcle, avec
la glace mise en morceaux et la flexueuse humanité immédiatement réinstaurée dans ses eaux
sales. Aussi ces plaisirs me laissaient-ils complètement insatisfait et fallait-il que je découvrisse
autre chose.

Toutes les nuits, je rôdais en secret dans les
alentours du temple, mais je ne me contentais
plus comme autrefois de faire des vœux abstraits
pour que le ciel s'écroulât. Aujourd'hui c'était
une nourriture plus réelle que réclamait ma haine,
aussi portais-je toujours avec moi une bouteille
et un couteau. Pas une fois le jour ne se leva
sans qu'on s'aperçût dès l'aube qu'un de mes
anciens amis avait été mystérieusement assassiné
et saigné comme un porc. Il eût été aisé de découvrir le meurtrier, vu la netteté chirurgicale
des blessures, dues nécessairement à une main
rendue très sûre dans cette besogne par la pra-
tique des sacrifices. Mais en admettant qu'on
me soupçonnât d'être le criminel, il est évident
que personne n'aurait osé en souffler mot, tant
ma fonction me faisait redouter.

En revenant de ces expéditions nocturnes, je
donnais libre cours à mon délire de joie, et je
faisais l'amour avec les statues, les colonnes,
polluant jusqu'aux pierres des routes et aux plus
petits cailloux des plus petits chemins. C'est de

là que naquit l'idée par laquelle ma passion métaphysique devait atteindre son plein épanouis-
sement.

Lorsque j'eus égorgé le dernier de mes amis,
un soir que je rentrais moi-même couvert de sang,
et de curieuses phosphorescences nichées dans
mes blessures, je congédiai toutes les femmes de
mon palais. Le sang infâme de mes victimes (soigneusement recueilli à l'aide de ma bouteille),
après qu'il se fut convenablement desséché, je le
concassai et, de ses fragments, je me fis un dia-
dème que je portai nuit et jour, tout seul dans
mon palais. Quant au couteau, triangle de métal
propre aux plus merveilleuses démonstrations
géométriques de l'amour et de la mort, je l'en-
fouis sous la dalle centrale de la salle de marbre,
encore irrégulièrement marqué de quelques taches
de sang.

Toutes les nuits maintenant, à cette même
place où autrefois je me couchais avec des
femmes, je faisais l'amour seul ou plus exactement avec la dalle de pierre froide qui couvrait
le couteau. J'aiguisais doucement mes dents sur
la meule immobile des dalles, j'étreignais le sol
de mes deux bras ouverts en croix, et c'était
vraiment le monde entier avec son cortège de
lois et de points cardinaux que je possédais alors,
mon corps jetant les voussures de ses sens
juste au-dessus du point central autour duquel
s'agglomérait concentriquement tout l'univers :
l'âme sexuelle et luisante du meurtrier couteau.

Un seul objet capable de concrétiser toute la
diversité de mon esprit, une seule figure capable de devenir le réceptacle unique de mon
amour, c'est ce que je venais de trouver dans
cet admirable couteau. Dans l'obscurité vague
de sa cachette, il faisait jouer la triple pureté
de ses angles; froid comme un astre, poli comme
par de multiples caresses, il savait déclencher
l'avènement des cruautés, en même temps qu'il
se dressait comme un sexe, image même de la rigidité. C'était l'instrument parfait —aigu comme
tout ce qui est esprit, dur et tranchant comme
les arêtes de la matière —, triangle unique sym-
bolisant la seule triade que je daigne reconnaître :

PURETÉ,   FROIDEUR
             et
        CRUAUTÉ.

Cependant, grisé de tout l'orgueil du monde
après cette découverte, je ne voulus pas en
rester là. Arbitre grandiloquent, je crus que
l'ombre même était devenue ma proie, et c'est
ainsi que j'encourus ma perte.

Le temple dont le culte, par l'hérédité, avait
été légué à mes soins était consacré (étrange
jeu de destinée!) à la *Féminité*. Chaque partie
de ce temple correspondait à une des parties
du corps de la femme. Ainsi, l'on entrait par
deux portes latérales toujours grandes ouvertes
qui représentaient les mains. A peu de distance

s'élevaient les pieds, deux socles surmontés de statuettes d'écaille. Deux beaux blocs de marbre couchés parallèlement figuraient les cuisses et un grand vase rempli de fruits et de fleurs était censé représenter les hanches. Au centre d'une cour légèrement convexe qui était le ventre, le nombril creusait son puits profond. Plus loin, c'étaient les seins dont on apercevait les deux exacts hémisphères recouverts de cuir blanc. Les aisselles étaient deux petites grottes entièrement tapissées de lierre; la chevelure, une forêt; les fesses, deux pierres tombales séparées par un ravin; les yeux, deux petits bassins taillés en amande, placés chacun sous une arcade et restant perpétuellement pleins d'eau et de poissons; la bouche, une volière; le nez, un cyprès autour duquel, les jours de fête, on disposait des viandes en pleine putréfaction; les oreilles, deux escaliers spiraux s'enfonçant dans la terre; le cou, une colonne de marbre; le sexe, enfin, un gros coquillage posé sur des fourrures, masquant une chambre souterraine carrée qui était la matrice.

C'est de ce temple (qu'une simple digue séparait de la mer, empêchant seule celle-ci de l'envahir, afin qu'il fût bien évident que tout ce qui est féminin est à peine séparé des attractions célestes, des révolutions de la nature et du cours des saisons), c'est de ce temple, dis-je, que j'eus l'idée de modifier la structure afin de le rendre plus conforme à ma divinité. Terrible sacrilège, plus coupable peut-être aux yeux des hommes que tous les meurtres qu'auparavant j'avais commis, et dont devaient bientôt fondre sur moi les conséquences.

Je commençai par faire abattre la forêt des cheveux et remplacer les fourrures et le cuir du sexe et des seins par des morceaux de toile sur lesquels j'avais fait coller de menues poussières rocheuses, ce que plus tard on devait appeler *toile émeri*. A la place du lierre des aisselles, je fis planter des épingles sur lesquelles, les jours de fête, je ferais brûler des boulettes de résine. Je remplaçai le cyprès du nez par un croc de boucher auquel dorénavant on suspendrait les viandes. Au lieu du vase de fruits et de fleurs qui figurait sottement les hanches, je mis un grand bocal de verre rempli d'équerres et de compas. Je pêchai sans scrupule les poissons qui nageaient dans les yeux et je les remplaçai par d'immobiles flotteurs. J'enlevai de même la cage peuplée d'oiseaux qui figurait la bouche et j'installai au même endroit un récipient plein de serpents placé entre deux scies que je déclarai être les mâchoires. Au sommet de chaque sein je fis planter un fer de lance. Au-dessus du portail de chaque main, je suspendis une bêche et une pioche. Quant au puits du nombril, j'y installai un fil à plomb, sorte de cordon ombilical interne qui descendait verticalement le long de ses parois. Je ne touchai ni aux cuisses, ni aux pieds, ni aux oreilles, ni au cou, ni aux fesses,

ni au sexe; mais dans la cavité de la matrice, à
la place de l'objet secret (dont aujourd'hui, maintenant que ma perdition est acquise, encore mieux
que jamais rien ne peut m'empêcher de révéler
la nature, —c'était, en dimensions réduites, une
reproduction exacte de l'ensemble du temple,
avec une matrice recélant elle-même une reproduction plus petite, et cela à l'infini), je mis un
piège à loups, quelques culs de bouteilles et un
doigt de pendu, tuant ainsi dans l'œuf la série
des reproductions sans limite. Sur le plafond de
cette matrice qui représentait une nuit étoilée
semblable à la vraie nuit qui envoûtait le temple,
j'allai même jusqu'à peindre mon nom, encadré
des principales figures de la géométrie, et cela
en noir sur fond blanc, ce qui indiquait clairement
la volonté formelle que j'avais de me refuser à
considérer le monde autrement que comme une
fonction de moi-même, esclave blanc de terreur
sous le talon noir de ma pensée.

J'avais compté sur la crainte que j'inspirais
et sur le caractère sacré que mon office conférait
à ma personne pour étouffer dans le peuple toute
manifestation de ressentiment, mais je m'étais
trompé dans ce calcul. La première fête venue,
lorsque les portes du temple s'ouvrirent toutes
grandes et que la foule admise à entrer put voir
les modifications que j'avais apportées, alors que
j'escomptais simplement de sa part une stupeur
muette ou bien une immobile consternation, un
long murmure se fit jour à travers toutes les

bouches, diverses injures fusèrent puis, brusquement, je fus frappé d'une grêle de pierres. Plusieurs zigzags de sang s'inscrivirent sur les pentes
de mon visage, comme les chemins en ligne brisée
dont l'éclair griffe la joue des montagnes. Surpris
par la promptitude d'une attaque à laquelle je
m'attendais si peu, alors que je restais pétrifié
d'étonnement, je fus atteint par une seconde
volée de projectiles. Cette fois l'os de ma pom-
mette droite se dénuda et pointa comme un caillou
hors du fossé en demi-lune qui cernait celui-là
de mes yeux. Je chancelai un instant mais, me
reprenant presque aussitôt, je courus vers le
grand coquillage et fis mine de vouloir le soulever
afin de le projeter sur mes assaillants. Immédiatement ceux-ci se dispersèrent, ne voulant pas,
même indirectement, être cause du bris de cet
objet sacré, outrage à la Divinité qu'ils auraient
jugé plus néfaste encore que tous ceux mêmes
que j'avais pu commettre.

J'étais pour le moment sauvé, mais n'avais
pas la moindre illusion sur tout ce que ce salut
devait comporter de provisoire. Maintenant qu'on
me tenait pour sacrilège, en effet, ma vie n'avait
plus rien d'intangible; ce qui importait, au contraire, c'était, non pas de la ménager, mais d'en
purifier le temple en l'anéantissant. De cela je
venais d'avoir la preuve formelle lorsqu'à l'instant on avait voulu me lapider.

Etant rentré dans mon palais, j'observai à
travers une fenêtre grillagée les mouvements de

la foule. Je vis qu'après sa dispersion elle s'était reformée, non pas en masse compacte mais en un vaste demi-cercle dont les extrémités se prolongeaient jusqu'à la mer, le temple et mon palais étant au centre de cet hémicycle. Je compris qu'ils voulaient m'ôter toute possibilité de retraite, afin de me garder à leur merci.

Bien loin d'avoir le moindre effroi de cette conjoncture, je m'étais senti, dès le début de l'aventure, brusquement doué d'un étrange courage, comme si l'orgueil d'être haï et menacé directement par ceux que je jugeais une sinistre vermine m'avait délivré de toute angoisse mortelle, en même temps qu'élevé d'emblée à ce rang de roi transcendantal auquel depuis ma naissance je n'avais cessé d'aspirer.

Ma lâcheté passée n'avait plus cours. Aussi calme qu'un souverain d'échecs au milieu des mille trajectoires croisées des pièces sur l'échiquier, je me tenais au fond de mon palais, insensible au réseau de dangers que je devinais sans cesse accru autour de moi, tissé par les mains invisibles de ceux qui maintenant, j'en étais convaincu, avaient juré ma mort. Un instant, lorsque j'avais été attaqué à coups de pierres, j'avais songé à me laisser lapider. Cette mort minérale avait de quoi me séduire en effet, mais je pensai toutefois qu'il valait mieux quand même, puisque j'étais perdu, tenter d'en perdre encore quelques autres avec moi. Aussi, malgré tout le mépris que j'avais pour les embûches qu'ils pouvaient me dresser et le projet qu'ils avaient fait sans aucun doute (ce devait être la raison de la position semi-circulaire qu'ils avaient prise et qu'ils ne semblaient pas être près de modifier) de me faire au moins mourir de faim en me coupant toute communication avec le dehors, je résolus de ne pas laisser partie si belle à mes ennemis et de leur enlever du moins la joie de se disputer mon cadavre.

Pour réaliser ce dessein (et de cela il n'y a que quelques jours), je commençai par me fabriquer une embarcation grossière avec quelques morceaux de bois et une grande pièce de toile découverts dans un grenier. J'y entassai tout ce que je pus trouver de vivres afin de résister le plus longtemps possible à la soif et à la famine. J'avais eu soin d'effectuer cette construction à proximité de la digue, de manière à ce que ma barque pût sans difficultés prendre la mer lorsque l'heure en serait venue.

Mon travail terminé, j'allai dans la salle de marbre que j'avais fait autrefois aménager dans le palais, je soulevai la dalle centrale au-dessous de laquelle reposait mon couteau et, m'étant emparé de cet objet et l'ayant placé entre mes dents, je laissai retomber le cube de pierre silencieusement, puis retournai me cacher dans la barque. Celle-ci devint dès lors mon unique — et probablement dernière — habitation; cela fait aujourd'hui sept jours et sept nuits que j'y suis installé, et j'y attends l'équinoxe maintenant tout proche pour mettre mon projet à exécution.

Ce sera par les pierres que je me vengerai. Lorsque la marée aura atteint le maximum de sa violence — ce qui astronomiquement aura lieu dans deux jours —, introduisant la pointe de mon couteau entre les pierres centrales de la digue je descellerai cette clef de voûte, et les flots, en se précipitant, arracheront le reste, engloutissant peut-être pour jamais le temple, d'entre les murs duquel ces hommes méprisables auraient été si heureux de me chasser.

J'ai écrit sur cette plaque de tôle, que d'ici peu d'instants j'irai dissimuler dans le caveau profond de la matrice sacrée, mon histoire, sachant bien qu'il n'y a qu'un nombre très restreint de chances pour que jamais elle soit retrouvée, mais parce que je tiens cependant à me ménager d'une manière posthume la possibilité d'un plaisir réputé malsain (en me livrant ainsi, peut-être, dans ma réalité même à un lecteur futur) analogue à celui que j'éprouvais lorsque, les jours de fêtes rituelles, je m'exhibais dans ce costume composé d'une toque écarlate et d'une gaine de soie blanche à double panier qui me faisait ressembler trait pour trait à un membre viril.

Dans très peu d'heures, la digue sera rompue et je m'embarquerai, aussi tranquille qu'une statue, sur le léger vaisseau que j'ai construit de mes propres mains, riant de la déception de ceux qui déjà s'imaginaient qu'ils allaient être mes bourreaux. Outre que leur sanctuaire vénéré sera détruit, les moins rapides d'entre eux, pas assez prompts à s'enfuir, périront certainement dans l'inondation, — ce qui me réjouit le cœur autant qu'il est possible. Tant que ma voile triangulaire résoudra l'équation dont les deux inconnues sont le vent et les flots, j'insulterai tout ce qui vit sous les cieux; je maudirai toutes ces végétations informes et tenterai d'envenimer la mer par mes crachats.

Quant à mon couteau, dépositaire du sang de plusieurs meurtres et fauteur de cet ultime trouble, je le garderai précieusement, parce que lui seul me permettra, mes vivres épuisés et mon bateau perdu, sans doute pour toujours, dans le marécage fluide des vagues (car je n'ignore pas quel extraordinaire hasard devrait intervenir pour que cette évasion m'amène à une terre abordable), d'échapper à l'esclavage ignoble de la mort en mettant fin à mes jours moi-même, d'une façon à la fois géométrique et royale, la garde du poignard librement enfoncé dans ma chair figurant à jamais sur mon cœur une croix, signe plus noble que tous les crucifix de malheur, parce qu'aucun homme n'y est par la pitié cloué et qu'elle reste ainsi une pure étoile métallique aux branches cristallinement tendues de l'un à l'autre bord, et non la potence pourrie porteuse de la charogne sanglante qui jamais n'aima que ces deux actes bons pour l'évier: se dévouer et gémir.

En foi de quoi je signe, de mon nom d'homme assuré maintenant qu'il saura, grâce à l'extrémité d'un instrument, devenir éternel :

DAMOCLÈS SIRIEL. »

Ayant achevé de déchiffrer ce document, celui qui venait le premier de le lire laissa tomber à terre la plaque de tôle et resta un certain temps immobile, le visage figé dans un sourire très peu intelligent. Mais après quelques minutes de réflexion il se leva, enleva le chandail de laine beige qui recouvrait son torse, ramassa le récit de Damoclès Siriel (dont les ondulations rigides marquaient encore le sable de quelques rides) et l'enveloppa dans ce vêtement, puis partit à grandes enjambées dans la direction opposée à la mer, faisant craquer sans pitié la terre durcie par le soleil sous les semelles épaisses de ses brodequins.

Ce jeune homme aux lèvres rasées, au costume athlétique était un écrivain anglo-saxon, auteur de deux livres importants : *Jésus-Christ masochiste* et *Mère Patrie et Tante Patrie*, roman pornographique.

Cette nuit-là, le spectre d'Aurora survolait la campagne endormie et nul personnage vivant ou feu — pas plus Damoclès que l'homme au smoking blanc ni que le voyageur aux brodequins jaunes ni que moi-même — n'aurait pu dire si sa présence était réelle ou supposée, tant était légère sa vêture de fantôme, petit repli du vent perdu entre combien d'autres replis!

« Chiens hurleurs qui saoulez la lune de vos cris, vos gosiers presque aussi froids que la mort sont des antres étranges où ne s'élabore aucun philtre d'oubli, mais une mixture noirâtre qui s'écoule goutte à goutte au fond des puits nocturnes, lorsque l'heure du chiendent et de la ronce a sonné, au clocher sombre qui jadis se fût empli, rien qu'à l'approche d'Aurora, du carillon d'un baptême aux abois. Malgré la bigarrure de vos pelages et la douce teinte rosée de vos babines, chiens perdus, vous ne parviendrez pas, dans les ténèbres bleues où les astres de paille flottent semblables aux fétus qui furent les premières boussoles, à ressusciter, au delà des apparences, le prestige évanoui des couleurs. L'éventail des moissons s'est fermé, les pigments intérieurs se sont décomposés, l'architecture osseuse s'écroule et, en dépit des poussières diversement colorées qui se soulèvent en tourbillons pour s'en aller peindre les nuages, c'est la blancheur livide qui s'instaure et étend, pareille à l'arbre sec et incolore qui domine toujours dans le frontispice d'un livre prophétique, au-dessus de toute cette page du monde les frondaisons de son royaume... »

Mais un miaulement se faufila dans les rainures sans cadre de la nuit, une tourmente d'aboiements y répondit, et l'ombre d'Aurora s'enfonça dans la brume, parmi les nuages en ruines qu'aucun de ces bruits stridents n'avait pu dissiper.

IV

A des centaines de kilomètres de la mer, très
loin de toute espèce de lac et de cours d'eau,
dans une région où la sécheresse directement
issue de la chaleur solaire ne se bat que contre
les fleuves multiples mais minuscules que le ciel,
chaque année, fait s'écouler sous forme de pluie,
un labyrinthe mortuaire se creuse, sorte de cirque
ou de crique circulaire, au fond duquel se coupent des arcs de cercle et des segments de droite
à diverses profondeurs dans la terre, comme les
cuvettes de l'intérieur d'une montre. Ce chrono-
mètre gigantesque, ce dédale construit au-dessous
du niveau du sol mais dont toutes les parties,
rouages ou cavités, restent à ciel ouvert, est l'endroit reculé où s'affinent les cadavres que des
mains inconnues étendent nus sur la glaise rouge,
au fond de ce bassin du temps, ou bien sous des
coupoles souterraines bâties autour en forme de
ruches, afin que par l'œuf alchimique d'air compris entre les parois de pierre crue ils soient trans-
formés en un miel invisible.

C'est dans cette fosse à fleur de terre, où les
oiseaux et les nuages les plus condensés n'ont

aucune difficulté à venir se nicher, que le spectre
d'Aurora avait élu domicile, pensant que le ha-
choir acéré de ces droites et de ces courbes ferait
naître de son corps fictif un miel d'autant plus
doux qu'il serait plus divisé.

La transformation des cadavres en spectres
puis en miel n'est pas une opération remarquable
par la simplicité. Il faut d'abord que les effluves
corrosifs émanés de la terre aient détruit toute la
chair, puis que les os se soient amalgamés à l'argile rouge; alors seulement le spectre peut se dé-
gager et c'est de ses ailes ténues, macérées entre
les innombrables petites murailles que constituent
alors les molécules de l'air, que se forme le miel,
variable de nature et de qualité selon la profondeur à laquelle la transformation s'est effectuée,
et aussi la forme du lieu de la métamorphose. Le
miel le plus affiné est celui dont se composent les
courants magnétiques qui engendrent la foudre,
éclat soudain des morts entre deux nuages devenus lourds de prophéties; le plus grossier, celui qui
sert à la fabrication de la manne céleste, véritable
sirop de cadavre au parfum nauséabond de spécia-
lité pharmaceutique.

Aurora projetait, quant à elle, de revenir sur
terre avec la fantasmagorie des orages magiques,
et c'est pourquoi son spectre s'était dissimulé au
plus profond de cette étrange usine, veuve de
volants et de courroies.

Mais il est inutile de rester plus longtemps près
du lieu dans lequel Aurora, en dépit de ses équi-

pées nocturnes, file un si fin cocon et mieux vaut,
empruntant la rapidité mielleuse d'un éclair sour-
nois, retourner vers la mer, vaste boulevard le
long duquel s'opère éternellement la circulation
ardente des événements et des rencontres.

A midi exactement du jour qui suivit celui durant lequel le jeune homme aux brodequins fauves avait fait sa trouvaille, un rayon de soleil, tombé du zénith, frappa directement une petite touffe d'écume qui crêtait l'une des plus grosses vagues de cet océan sillonné par tant de navires à propulsion cachée. L'écume se vaporisa, puis monta vers le zénith se fondre dans un nuage. A ce moment, le vent souffla et chassa violemment le nuage vers la terre, de sorte que quand celui-ci, les conditions atmosphériques s'étant modifiées, eut été changé en pluie, ce fut sur le front du voyageur aux brodequins jaunes, qui s'était endormi au centre d'une vaste plaine, que tomba la gouttelette formée par la primitive touffe d'écume. Surpris par ce contact humide révélateur de l'averse, le voyageur s'éveilla, et reprit hâtivement sa route, abandonnant la confortable litière de blé foulé que son corps, en s'étendant dans le champ, s'était de soi-même ménagée. De sorte que peu d'heures plus tard, l'averse ayant cessé, lorsqu'un autre voyageur qui traversait le champ eut aperçu la merveilleuse litière, il n'hésita pas, puisqu'elle était inoccupée, à s'y coucher afin de s'y reposer.

Ce deuxième voyageur, loin d'être accoutré comme un sportsman pourri de snobisme ou comme un intellectuel en mal d'aventures routières, était vêtu en franc vagabond, plus couvert de taches terreuses et de reprises opérées avec des ficelles que du tissu rugueux dont originairement avait dû être fait son costume. Son visage, quoique fortement tanné par le soleil et marqué de longues rides provenues des privations de toute sorte que sans doute il avait endurées, semblait extrêmement jeune, presque celui d'un enfant. De grands cheveux embroussaillés posaient leurs mèches en signatures sur son front, et ses mains longues et minces (armatures étroites de nerfs et d'os) s'élevaient parfois jusqu'à cette hauteur comme de curieux volatiles à cinq becs, afin d'en éloigner la gêne de la chevelure. Au petit doigt de sa main gauche, un épervier au regard extrêmement perçant aurait pu discerner un minuscule anneau d'or, guère plus large qu'un fil, mais autour duquel étaient ciselés des rats qui semblaient dévorer le chaton de la bague. Mais rien ne permettait de soupçonner d'où provenait, sur un si pauvre vagabond, la présence d'un semblable anneau d'or.

L'étrange garçon s'étendit donc afin de laisser fuir par tous ses pores, ouverts par l'immobilité, la fatigue qui bouillonnait en lui comme la vapeur qui use les parois de la chaudière. Les yeux mi-clos, il songeait à cette fatigue et celle-ci lui apparaissait non pas comme une chose intérieure, émanée de son corps et circonscrite aux limites de ce corps, mais comme un mal externe, qu'avaient apporté du dehors les arbres des routes et les paysages en bordure, las d'être ainsi traînés par les câbles des regards afin de se grouper harmonieusement en panoramas et en points de vue.

Ce n'était pas sa fatigue propre qu'il portait en lui, mais celle de toutes les campagnes qu'il avait traversées et qui, blessées par la flèche humaine qui les perçait ainsi de part en part, tentaient de l'arrêter en l'embarrassant de mille liens et en coagulant l'air autour de lui, de manière que l'atmosphère qu'il respirait pour alléger son sang fût plus épaisse que ce sang même. Son pas lui-même était toujours aussi agile, mais c'était le déroulement des paysages qui fonctionnait moins bien. C'est pourquoi il devait se tenir pour victime d'un complot de la nature environnante, d'une coalition des arbres et des ruisseaux, désireux de résister à tout prix à l'écœurante instabilité de « choses vues » que leur infligeait le pas du voyageur.

Ce dernier avait maintenant les yeux entièrement fermés et, plus rien ne se glissant dans la fissure de ses paupières, il trouvait enfin un repos, une sorte de paix signée pour quelques heures entre la nature et lui, jusqu'à ce que l'ouverture de ses yeux et sa mise sur pieds pour un nouveau départ fût le signal d'une autre guerre, différente peut-être à cause du changement de direction du voyageur, d'une part, et des éléments naturels engagés, d'autre part, mais non moins passionnante que la première... Son corps si lourd de tant de sensations visuelles extraites du monde se vidait peu à peu en ce moment, remplaçant ce lest fait de matériaux divers par le sable plus léger des grèves illimitées de l'imagination.

Lorsque tous les souvenirs des sites qu'il avait
vus dans la journée eurent disparu, plusieurs
formes se levèrent, qu'il ne percevait nullement
dans leur plénitude, mais dont il pressentait vaguement le contour, comme on peut se souvenir
d'un angle ou d'une courbe sans se rappeler en
rien l'objet qui en fut le support, voire même en
rapportant cet angle ou cette courbe à un tout
autre objet.

C'étaient d'abord plusieurs jeunes filles qu'il
apercevait comme à travers les branches d'une
haie ; leurs doigts façonnaient inlassablement des
colliers et plus d'une, parfois, laissait tomber à
terre une perle trop vivement colorée, avec un
léger cri. C'étaient aussi des prostituées rencontrées dans la rue ou vues en rêve. L'une d'elles,
à l'angle d'une ruelle que rendait plus obscure
l'éclatant voisinage d'un restaurant de nuit, un
soir qu'il était affamé, lui avait donné, non du
pain, mais un paquet de cigarettes orné d'un as
de trèfle, et de chacune de ces cigarettes était né
un mirage. De la première était sortie toute une
ville étrangère, et lui-même errant dans les rues
de cette ville ; une femme l'avait lié de ses bras
juste comme les phares d'une automobile, s'avançant dans le même sens qu'elle, le paralysaient
de leurs rayons; une seconde il était resté fasciné
par ce double regard, tandis que la femme lui
parlait en divers langages, dont un qu'il ne con-
naissait pas. De la fumée de la dernière les parties
les plus opaques avaient formé une créature ter-

rible qui toute une nuit l'avait harcelé de son
rire bestial; les châteaux somptueux de la chair
se révélaient à travers la futaie de chacun de ses
gestes; derrière les fenêtres aux carreaux d'alcool
apparaissaient des trophées ramenés de chasses
plantureuses...

Mais sentant qu'il risquait de s'enliser pour toujours dans la puanteur de ce marais sentimental,
le voyageur ferma soudain la porte des rêveries
en ouvrant grand les yeux, puis il tira de son
bissac un morceau de pain dur et se mit à le
manger, en même temps qu'il prenait dans sa
poche un petit livre à la reliure usée que son
titre marqué en creux annonçait être un recueil
des œuvres principales de Paracelse.

Sur la première page de ce volume, un portrait
montrait Paracelse de profil, placé à côté d'une
citerne, dans un édifice romain; son regard était
fixé sur un nid de branchages qui surmontait en
chapiteau une colonne isolée, et de la main droite
il tenait un miroir, où se reflétaient quelques
nuages. Vers le milieu du livre, Paracelse était
représenté de face, tête nue, vêtu d'un pourpoint
noir, et les mains appuyées sur une longue épée
dont la garde et la coquille formaient un astrolabe;
à son cou pendait un riche collier composé de
pierres de couleur sur chacune desquelles était
gravée l'image d'un animal, figuré aussi sur la planète de l'astrolabe identique par la couleur; sur la
lame de cette épée astrale, faite pour pourfendre
Dieu et toute sa création? de très fines damas-

quinures, répétées sur toute la longueur de l'arme,
dessinaient le rébus suivant : une cuve remplie
d'eau, la lettre grecque ρ et le dieu-singe égyptien Râh, — rébus qui ne pouvait que se lire :
Eau-Rô-Râh. A la dernière page enfin, comme une
sorte de schéma condensant la substance du texte,
était reproduit l'écusson de Paracelse, constitué
par un alambic dessiné en rouge sur fond noir
constellé, à l'intérieur duquel brûlait une salamandre blanche et d'où s'échappait, en guise de
fumée, une chevelure blonde, le tout accompagné
de cette devise, bien appropriée au plus puissant
des hommes qui recherchèrent la pierre philosophale :

OR AURA.

C'est la lecture de cet ouvrage (ramassé sans
doute au fond de quelque taudis dans lequel
pour une nuit on lui avait accordé l'hospitalité)
qu'entreprit le jeune vagabond lorsqu'il ne voulut
plus que la pieuvre du cœur l'enlaçât d'aussi mols
tentacules.

LIVRE PREMIER

De la pierre, de sa nature et de ses propriétés.

Lorsque Dieu, de sa substance de vieillard, eut
tiré le monde quelques minutes-éternité avant de
mourir (car l'univers n'est que la cendre d'un
dieu mort), la Pierre philosophale fit entendre la

première rumeur de ses vertèbres délicates, vagissement pareil au cri plaintif que pousse la
mandragore, quand on l'arrache de l'humus entourant la potence sous le signe de laquelle ses
fibres se sont formées. Ce gémissement, monté
d'une cave inconnue où mûrissait le vin futur
des actes, fut le premier dont résonna l'univers
en gésine et ses syllabes rocheuses constituent le
vrai nom humain de la Pierre, nom que plusieurs
personnes connaissent et prononcent quelquefois,
bien que pas une d'entre elles ne sache à quel
objet miraculeux ce nom s'applique en vérité.
Cette pierre née de la terre mordue au rouge par
le premier rayon solaire est en correspondance si
parfaite avec le mot qui la désigne qu'il suffirait
seulement de savoir en décomposer chaque syllabe et chaque lettre pour qu'elle se dresse dans
toute la gloire de sa nature réelle et l'éclat ful-
gurant de ses propriétés. Mais une pareille dis-
sociation est impossible à la plupart des hommes,
parce qu'il faudrait pour cela pouvoir poursuivre les variations du nom de la Pierre jusqu'aux ultimes ramifications de leurs sonorités,
travail dont aucun homme jusqu'à présent ne
s'est montré capable, à cause de l'esprit à la fois
rigide et multiforme qu'il faut savoir y apporter.

La Pierre philosophale naquit donc en même
temps que le monde, mais elle n'est pas soumise
comme lui au joug de l'espace et du temps, lourd
madrier bon seulement pour ce gros bœuf lent et
morose qu'est l'univers avec ses entrailles em-

puanties par l'herbe de tristesse, et non pour
elle, réceptacle sans poids des infinies métamorphoses, quand les osselets friables de la vie et
de la mort, dans la paume du destin, se choquent
à en craquer.

Une couleur étrange la pare; elle est le blanc
mais le blanc né du mariage de toutes les couleurs et non la teinte blafarde dont les reflets se
jouent sinistrement à la surface des corpuscules,
semblables à zéro parce qu'absolument indivisi-
bles, du néant. C'est ce blanc des fantômes et
des nuits d'insomnie, plus riche que n'importe
quelle couleur, qui la différencie de tous les autres
corps; mais c'est ce blanc, aussi, grâce à son
apparente neutralité, qui la rend insaisissable et
multiforme, plus fuyante qu'une goutte d'eau à
travers la paroi d'une cruche poreuse ou qu'une
flammèche qui se promène près du cratère d'un
volcan.

Selon les hommes il y a quatre voies pour la
poursuivre : la voie des flammes, la voie des airs,
la voie des mers, la voie des routes (celle du feu,
celle de l'air, celle de l'eau, celle de la terre);
mais aucune de ces voies n'est la bonne, car ce
qu'il faut pour l'atteindre c'est une voie unique,
dans laquelle les quatre éléments se trouvent
liés et confondus; et cela en raison de sa texture
même, ainsi que des propriétés externes dont
elle est douée.

Cette pierre est cassante et diversement cris-
tallisable comme le mensonge, mais elle porte au

centre d'elle-même une petite parcelle d'aiguille, une paillette de cime qui lui constitue une armure intérieure de vérité. Chauffez-la, elle sera onduleuse comme une fée. Refroidissez-la, elle deviendra dure comme un guerrier de l'époque mycénienne, quand les hommes prenaient encore pour cuirasse des rochers. A la température normale, elle n'est ni solide, ni fluide, ni mâle, ni femelle, mais plutôt féminine cependant, à cause de son invincible variance et de son inaltérable transparence qui en font une ambiance, une atmosphère d'idée plutôt qu'un syllogisme nettement délimité.

Ses avatars sont sans nombre. Elle fut présente à tous les miracles qu'enregistre l'histoire des hommes, cachée tantôt dans le sabot d'un cheval, tantôt dans le sourcil fumeux d'un thaumaturge, ou bien dans le crachat éblouissant de l'incrédule. Elle brûla dans tous les brasiers, roula entre toutes les stratifications mouvantes du vent, coula avec toutes les sources et participa à la germination progressive du grain dans tous les champs. Cependant elle reste unique et pour l'éternité semblable à elle-même, à jamais fixée dans la figure imaginaire que l'esprit s'est plu un jour à lui donner. Le secret des mystères d'Eleusis n'est pas autre chose que la manière de découvrir cette forme; de même le symbole de la Pythie delphique, dont le nom vient de la racine commune à ces deux mots : *putrescere* et *putare*; les pyramides d'Egypte ne recèlent rien autre dans les arcanes géométriques de leur structure, et les travaux alchimiques de mes prédécesseurs, enfin, n'ont pas d'autre but que de tracer le linéament fictif, à jamais gage de puissance, de ce réel imaginé.

Cette Pierre est une urne funèbre qui commande aux pourritures, mais capable de pourrir elle aussi, lorsqu'elle se change en créature vivante et par suite putrescible. Putréfiante et putréfiée, elle constitue l'essence même de la pureté, à cause de cette perpétuelle ondoyance que représente la chevelure, sous le signe de laquelle elle est placée. Purifiante et purifiée, elle est le signe de la pensée.

Sous ce grossier apologue, il est nécessaire que je dissimule la vérité, mais je dois dire qu'au fond, avec cette Pierre, il ne peut être question ni de putréfaction, ni de pureté, ni de pensée. Tous ces termes sont dénués de signification relativement à elle, telle qu'elle se tient dans l'absolu, puisqu'ils sont prisonniers des rouages temporels dont elle est affranchie et que même cet adverbe que j'accouple à son nom : « relativement », joint à elle, est presque un hiatus logique. Tout au plus pourrais-je parler de ses transformations, des multiples aspects sous lesquels il lui est donné de se montrer, et peut-être aussi du défaut caché qui permet de s'en emparer, la prouvant vulnérable, — véritable talon d'Achille dont elle doit la misère à sa nature de chose créée, par un dieu mort, sans doute, mais néanmoins *créée*.

Je n'ai pas à m'étendre sur les métamorphoses auxquelles cette Pierre est sujette. A chaque détour de l'histoire universelle, une très grande perspicacité n'est pas nécessaire pour qu'on retrouve sa trace et tous les traités des arts humains, depuis ceux où il est question des travaux agricoles jusqu'à ceux qui discutent des travaux de l'esprit, portent sa marque très apparente, perceptible à tout œil non myope ou qui n'est pas voilé par une taie de préjugés. Mais en revanche il est utile que je dise quelques mots sur son point vulnérable, son défaut de cuirasse qui fait que, sans folie qualifiée mais avec seulement peut-être une pointe de témérité, il est permis de la chercher.

Ce vice de construction, inhérent à sa qualité de créature, c'est qu'elle est personnelle et par suite, dans une certaine mesure, douée de sensibilité. Le premier cri qui émana de ses vertèbres, lorsqu'elle sortit du chaos de gaz crus, est l'indice sûr de cette faiblesse. Elle passe à travers toutes ses métamorphoses comme au travers d'un laminoir où s'aiguisent des souffrances. Elle n'est certes pas sensible à la manière des hommes et se tient loin au-dessus du rire et des larmes (bien qu'elle puisse quelquefois prendre leur apparence), mais ses cellules de pierre comprennent le mot TORTURE et le secret déchirement qui lentement se fait jour à travers toutes les pierres. C'est cet unique filament qui la rattache au monde, et sans lui elle serait aussi imperceptible que le vide,

mais c'est ce fil aussi qui l'empêche d'être tout
à fait l'absolu, quoique sa possession nous per-
mette d'y jeter un coup de sonde, un coup de
filet rameneur de possibles trésors.

Voici le moment venu, d'ailleurs, d'énoncer la
propriété capitale de cette Pierre : bien que toute
communication ne soit pas rompue entre elle et
l'univers, elle fait partie de l'absolu, ou plus
exactement peut-être elle a sa place marquée,
comme la niche creusée pour une idole, dans la
muraille de l'absolu. C'est grâce à cette unique
encoche, si nous parvenons à nous rendre maîtres
de la Pierre, qui dans ce cas deviendra pour nous
comme un ongle, qu'il nous sera possible d'avoir
quelque prise sur le mur, par ailleurs tout à fait
lisse, de l'absolu. Alors, nous agrippant de toutes
nos forces à cette minuscule dénivellation, nous
nous collerons contre ce mur afin qu'il nous trans-
mette par son contact une partie de sa vertu,
faisant ainsi de nous un absolu aussi, un véritable microcosme contenant en réduction toutes
les propriétés de l'univers prises dans leur totalité et capable par suite, à son tour, de régir
l'univers. Ainsi le cercle de notre destin métaphysique aura été quarré, et son mouvement per-
pétué.

C'est à cette entreprise hautement ambitieuse
que je consacre ma vie depuis bien des années.
Je n'ignore pas ce qu'il y a de hasardeux, voire,
par définition, d'impossible dans une telle tenta-
tive, dont la réussite équivaudrait à une mainmise

sur l'absolu, c'est-à-dire à l'établissement d'une relation entre moi-même et celui-ci, ce qui, de toute évidence, est contradictoire. Mais j'ai confiance dans la Pierre et suis certain que, si j'arrive à la découvrir, son merveilleux pouvoir ne me décevra pas. Du reste, diverses aventures dont j'ai lu le récit sont de nature à me faire espérer. Il est bon que je les cite ici — non sans quelque ironie peut-être, bien que je sois persuadé qu'il existe des rapports étroits entre elles et la recherche de la Pierre, en dépit de ce qu'apparemment ces rapports soient très cachés :

Histoire du devin prisonnier.

Vers la fin du XIIe siècle, dans une ville du nord de l'Italie, on incarcéra un pauvre homme, potier de son métier, parce que son travail ne lui rapportait pas assez pour qu'il pût payer les dettes que, afin de s'établir, il avait contractées. Plusieurs années il resta enfermé dans un cachot situé tout en haut d'un donjon. Privé de toute autre distraction, il passait ses journées à dessiner, sur une ardoise qu'on avait consenti à lui laisser, des graphiques dont aucun de ses geôliers ne comprenait le sens. Un jour, la prison s'écroula. Parmi d'autres cadavres, on trouva celui du potier tenant son ardoise serrée entre ses bras. Sur cette ardoise était figuré exactement le tracé des fissures (invisibles pourtant jusqu'à la seconde même de l'accident) selon lesquelles s'étaient fendus les murs de la prison.

HISTOIRE DE LA FEMME-HORLOGE.

Dans une cité commerciale qui faisait partie de la
Ligue Hanséatique, l'horloge de l'hôtel de ville était
ornée d'un automate représentant une femme aux
veines phosphorescentes qui, chaque fois qu'une heure
sonnait, faisait, autant de fois qu'il y avait de coups
frappés, le tour de l'horloge, escortée par trois che-
valiers. Ayant aperçu à une fenêtre de l'hôtel de
ville une jeune fille qui ressemblait étrangement à
la femme de l'horloge, un jeune homme arrivé depuis peu dans la ville s'introduisit une nuit dans ce
bâtiment. Au matin, des passants le trouvèrent mort
devant l'hôtel de ville, près de l'automate chu de son
socle et cassé en morceaux, sans le moindre indice
permettant de savoir comment le drame avait pu
se passer.

HISTOIRE DU ROI BOLIDE.

Dans une petite principauté de l'Europe Centrale,
un tyran très cruel était honni par tout son peuple.
Une jeune fille résolut de délivrer de lui son pays.
Ayant attendu le milieu de l'été — saison où sont
le plus fréquentes les chutes d'aérolithes — elle se
promena une nuit dans la campagne jusqu'à ce qu'elle
eût pu recueillir un de ces minéraux. L'ayant humecté
de quelques gouttes de son sang menstruel, elle s'introduisit subrepticement dans la chambre du tyran
et inséra la pierre céleste ainsi préparée entre deux
fleurons de la couronne. Le changement de lune venu,
comme le tyran selon son habitude rentrait de nuit
dans son palais après une crapuleuse débauche, il fut
soudain enlevé dans les airs par sa couronne et dis-
parut en quelques secondes dans la direction de la
nébuleuse Orion, pareil à une torche enflammée.

HISTOIRE DÉDIÉE AUX TÉMÉRAIRES.

Au fond d'une vallée des Alpes, un homme disait couramment qu'il souhaitait mourir foudroyé. Il sortait de préférence les jours d'orage et gravissait alors les sommets que leur hauteur rendait les plus exposés. Un matin, après que toute la nuit le tonnerre eut fait rage, on retrouva son corps à proximité d'une cime, en apparence foudroyé. Mais un chirurgien étranger qui examina le cadavre s'aperçut qu'il était mort de peur, car le cœur avait éclaté.

Ces quatre récits pourraient à la rigueur fournir à qui saurait les lire les éléments d'une ligne de conduite pour la découverte de la Pierre. C'est très longuement que je pourrais moi-même épiloguer à leur sujet. Toutefois il est temps (après cette digression d'allure humoristique) que je revienne à la matière que je me suis proposé de traiter dans le présent chapitre.

Cette Pierre n'est pas seulement un corps métamorphosable et capable lui-même de déclencher les métamorphoses, elle est comme la métamorphose en soi, comme l'entité du mouvement. Si les alchimistes lui donnent pour unique véhicule possible la substance qu'ils appellent *mercure des philosophes*, c'est que seul ce fluide est assez mobile pour pouvoir l'épouser dans toute la diversité de ses replis. Il ne faut pas oublier, du reste, qu'elle est liée aux révolutions des astres et qu'elle reçoit une influence de tous les corps en mouvement. Pas un caillou ne tombe lancé par un maraudeur dans les rameaux d'un arbre chargé de fruits, pas une flèche ne se rive dans la cible de bois, décochée par la brusque détente de la corde d'un arc, pas une fumée ne monte dans la cheminée de briques du laboratoire d'un alchimiste en quête de cette Pierre elle-même, sans que celle-ci n'en ait quelque impression. Elle est de connivence avec tous les mouvements, et cette complicité s'étend depuis les migrations d'oiseaux et les courses planétaires qui règlent les marées, jusqu'aux diverses démarches mentales qu'effectuent ceux qui la recherchent et aux transformations moléculaires des corps qu'ils font chauffer dans leurs cornues blessées.

Mais je dois dire à ce propos qu'à mon avis c'est une erreur d'opérer cette recherche par les méthodes alchimiques. L'astrologie peut-être donnerait de meilleurs résultats. Toutefois, je pense qu'il faut considérer que notre corps est non seulement un ciel de dimensions réduites mais encore un réel alambic et que, d'autre part, cette Pierre, étant sensible, est d'une certaine manière humaine. C'est donc le corps de l'Homme qu'il faut avant tout regarder, et c'est à son étude qu'en premier lieu je me suis voué.

Depuis longtemps déjà, j'oriente mes recherches dans ce sens du corps humain. J'observe passionnément ces antres, dans lesquels plus d'un monstre s'est caché. Au sommet de ce haut monticule de vertèbres, quel veilleur a allumé ces feux? Le troupeau des sensations tactiles paît dans les prés illimités de la peau. Ce soir il s'en

ira dormir dans le fumier de son étable, couché
avec les chèvres de l'odorat, les porcs du goût,
les taureaux de l'ouïe, les chevaux de la vue.
Plus tard, masqué d'une cagoule d'abrutissement
et de fatigue, tout ce bétail ira de lui-même se
donner au boucher. Seul un étrange animal refu-
sera peut-être de suivre le troupeau. C'est un
curieux petit tas de membranes, blanc comme
du marbre et presque aussi informe qu'une mé-
duse; par plusieurs trous perforés dans son corps,
il communique avec les astres, mais par sa froideur souvent plus terrible que celle de la glace,
il attire les serpents.

Le corps humain est aussi une cité énorme,
avec des quartiers ouvriers, des marchés couverts
et des palais. Sous les fenêtres des bourgeois qui
font ripaille, plus d'une putain fait la retape, le
soir, dans les corridors sombres. Une gendarme-
rie ignoble effectue de temps en temps des rafles,
et les couloirs des veines se changent alors en
couloirs de prison. Vers les soupiraux des narines
montent les cris de ceux qu'on met à la question
et dont les cadavres pourriront bientôt, jetés tout
nus dans les cimetières. Mais les brigands qui
veillent dans la caverne du cœur exécuteront
peut-être un jour un coup de main...

Ainsi, examinant le corps, et l'identifiant tour
à tour avec un champ livré aux bêtes qui s'y re-
paissent, avec une ville peuplée de filles, de poli-
ciers et de ruffians, avec bien d'autres choses encore, que sais-je? une montagne avec ses glaciers

et ses forêts, une mer avec ses poissons ignorés, ses algues et ses vaisseaux, un village bâti dans la neige par des chasseurs de phoques, une baraque en planches de chercheur d'or, une mine de sel, une tourbière pleine de mollusques et de feux-follets, ayant comparé à tout cela successivement le corps, je suis arrivé à conclure ceci : à savoir que seule la découverte de la Pierre pourrait le délivrer, en substituant pour lui, à la fatalité qui l'humilie, la liberté, et que d'autre part cette re-cherche ne doit pas être faite par la voie alchi-mique. J'ajouterai que ce corps est un immense théâtre et qu'il y a bien des positions possibles du haut en bas de ses gradins. J'ai résumé tout ceci dans la figure suivante : un alambic dont la vapeur est une chevelure et au centre duquel brûle la *Salamandre Blanche*.

Cette Pierre qui régit le mouvement est natu-rellement capable, en raison de ce règne, de tout transmuer. Elle change le plomb en or, le vieil-lard en jeune homme, le marais en terre ferme, la courtisane en fée. Mais elle est instable par essence et quelques-uns peut-être qui l'avaient trouvée, avant d'avoir eu le temps d'en faire usage, l'ont laissée échapper. Aussi importe-t-il au premier chef, si vous la découvrez, de bien la maintenir adéquate à sa figure. Le seul moyen pour cela est de la lier à vous sous le signe des artères et de la colorer de votre sang; car ainsi vous la ramènerez à la teinte de l'argile rouge qui est le vase premier de sa formation.

Cette Pierre enfin, qui fait la majesté de l'Homme, étant métamorphose et mouvement est en même temps nécessairement la destruction. Mieux que le quelconque sel corrosif qui usurpe ce nom sous le misérable prétexte qu'il ronge l'épiderme, elle mériterait d'être nommée *pierre infernale.* Elle est en effet à proprement parler une contre-hostie car par son entremise l'Homme est fait Dieu et non pas Dieu fait Homme. De plus, ce que la dérisoire médecine céleste prétend opérer de haut en bas, c'est-à-dire suivant la direction de ceux qui baissent la tête, elle l'accomplit, Elle, la Pierre philosophale, de bas en haut, par la route de l'orgueil.

C'est par ce mot ORGUEIL que je terminerai ce premier livre en faisant remarquer que c'est bien lui qui désigne la voie selon laquelle transcendantalement doit agir la Pierre, car sa première syllabe est le mot OR...

Hors des guenilles Œil de la mort!

FIN DU LIVRE PREMIER.

La nuit commençant à tomber, le vagabond dut interrompre sa lecture. Il remit alors soigneusement le livre dans sa poche, s'installa le mieux qu'il put sur sa litière de blé et, peu de minutes après, s'endormit.

A l'aube, il reprenait sa route, chantant ce refrain qu'il avait inventé :

> Les murs de miel de vos agapes
> Ha ha Sisters niellés seront
> ce rhomboïde si la grappe
> gratte les lémures sous vos fronts
>
> Ha ha les œufs moelle du Pape
> seront mollets Sisters seront
> ce rond-de-jambe s'ils attrapent
> l'enclume de vos yeux forgerons
>
> Ha ha de vos yeux forgerons.

Autour du cimetière analytique où Aurora,
par l'action de la terre nue, devait se transformer en météore, quatre lions étendus livraient
leurs crinières de vampires aux quatre vents, et
leurs queues allongées entre les chaînes de montagnes se confondaient avec les ruisseaux dessé-
chés, dont les squelettes de cailloux dessinaient
l'échine à jamais immobile dans le fond des
vallons. Les quatre-vingts griffes qui rivaient
ces bêtes à la surface du sol trouaient l'humus
jusqu'à une profondeur singulière, celle où il re-
nonce à son métier de taupe dont les paupières
molles et brunâtres ne laissent filtrer aucune lumière, pour commencer à se pailleter des reflets
indécis que lui jette le sommeil d'un corps la-
melliforme analogue au mica. Ici, les stratifications du sol s'ordonnent en plissements inégaux
identiques aux plis qui creusent la blancheur
d'une toge, et les surfaces de séparation sont
autant de manteaux superposés, couvrant les
cadavres géologiques de plusieurs générations de
tribuns morts. Entre ces taies funéraires, presque aussi droites que les lignes de flottaison qui
coupent en deux la hauteur des navires, on
trouve parfois d'anciens morceaux de cuir ou de
laurier, mais ils sont faits d'une matière noire
luisante qui n'a plus rien à voir ni avec le cuir
ni avec le laurier. Cette matière est le sel de la
terre, tel qu'il se rencontre à l'état naturel, lorsqu'il n'est pas corrompu par les végétations
vivantes.

C'est au-dessus de ces sédiments d'innombrables linceuls que se tenaient les quatre fauves, dont
le rugissement, chaque fois qu'il répandait sa lave
et ses scories sonores, ravageait les cultures et
les habitations les moins lointaines, au-delà de
la zone dénudée qui entourait la fosse funèbre
dont ils étaient gardiens. Quatre pelages de couleurs et de matières diverses revêtaient la structure intérieure de ces animaux.

Le premier était un gaz blanchâtre, pareil à
ces nébulosités vagues que l'on voit dans le ciel,
lorsque la nuit est assez claire pour que l'on
puisse apercevoir une partie suffisante des astres
qui se cachent dessous. Le deuxième lançait, sur
tout l'espace qu'il occupait, une nappe liquide
striée, semblable à celle d'un torrent sombre
qu'une abondante écume marque de virgules
blanches, ou bien au filet en quinconce que jette
à son ennemi le gladiateur rétiaire. Le troisième
se composait d'une draperie de teinte foncée,
comme la housse qu'on met sur un piano ou
une harpe lorsque pour longtemps on a l'intention de ne pas s'en servir. Le quatrième était un
vide obscur pareil à l'ouverture d'une grotte obscène ou bien à la croisée bordée de fer forgé qui
donne sur le néant.

Vous vous demandez peut-être, lecteurs, ce
qu'après le jeune homme aux brodequins fauves,
Damoclès Siriel, le vagabond à la bague ciselée
de rats et Paracelse, ces quatre lions viennent
faire dans l'histoire d'Aurora, couchés autour de

son fantôme, à elle qui, lorsque commencèrent à
se heurter les premiers nuages des événements
que je relate, n'était qu'une très jolie femme,
locataire du gratte-ciel du pessimisme et amoureuse de l'homme au smoking blanc? Rassurez-
vous! tous ces phénomènes d'allure si disparate
sont étroitement liés entre eux, comme tout phénomène l'est d'ailleurs à n'importe quel autre
phénomène, qu'il s'agisse des bouteilles de whisky
que l'homme au smoking blanc et moi aimions à
boire sous les tropiques, de l'as de trèfle ornant
le paquet de cigarettes donné par une putain au
vagabond ou bien des armoiries de Paracelse, pas
plus parlantes que tous ces autres faits. Et pour
apporter un argument concret à l'appui de cette
thèse, je vais sur-le-champ démontrer comment
c'est à moi-même que se rapportent précisément
ces quatre lions.

   Je pourrais dire d'abord que ces quatre lions
malgré leurs pelages dissemblables sont égaux,
et que ce mot « égaux » est l'équivalent du pronom latin EGO, qui veut dire *moi*. Je pourrais
également alléguer qu'ils possèdent cette noblesse
souveraine qui sculpta l'air au moment de mon
départ, grande tenture solennelle qui substitue
toujours sa gravité opaque à la transparence du
vent, lorsque se produit — déchirement analogue
à celui qui fait s'écrouler les murailles — cette
séparation lente et profonde entre le quai d'une
part, qui reste prisonnier de ses pavés et de ses
chaînes, et le vaisseau d'autre part, emporté par

le flux de l'avenir avec sa cargaison de passagers,
de nourritures, de machineries et de cercueils. Je
pourrais encore faire remarquer que le prénom
français *Léon* vient du latin *leo*, qui veut dire
lion; mais je ne m'appelle pas Léon. Aussi, plutôt
que de m'attarder à de tels rapprochements, tous
plus ou moins fallacieux, dirai-je tout de suite
que ces quatre animaux me ressemblaient parce
qu'ils portaient chacun à la place du cœur l'image
d'un roi de cartes bicéphale.

Pareil à Damoclès Siriel qui se dépeint en roi
transcendantal, figure de bois dont le règne
s'étend à tout un échiquier, je suis un roi, mais
mon visage est double et imprimé sur du papier.
La face supérieure, celle qui est à l'endroit et
que tous vous voyez, avec sa jolie barbe de vieil-
lard, n'est pas ce que vous croyez; elle n'est
qu'un amalgame de lignes qui par hasard se
trouvent avoir engendré une forme humaine;
elle n'est qu'un ramassis de points magnétiques,
une limaille, que cet aimant que vous connaissez
bien, l'Intelligence-fer-à-cheval (car c'est elle ce
vieux débris de ferraille que vous avez ramassé
soigneusement au détour d'un chemin défoncé,
pensant qu'il vous porterait bonheur), a groupés
en oreilles, en joues, en bouche, en nez... Mais
quant à la face inférieure, elle est la seule qui
constitue mon vrai portrait, parce qu'elle est
retournée et pendue par les pieds. Ainsi, je suis
suspendu pour l'éternité à l'atroce gibet de l'univers et mes cheveux descendent plus bas que

mon visage, comme s'ils voulaient prendre racine,
devenir des piliers végétaux, afin de soutenir un
peu cette tête trop congestionnée. Les astres sont
de vrais cauchemars, des fantômes qui la nuit
halent la corde qui ligote mes pieds. Que puis-je
faire, alourdi par ce vin noir qui, parti de mes
chevilles, s'amasse au fond de mes oreilles? Que
puis-je faire, pendu grotesque, lorsque je suis
las de tirer vers la terre ma langue tuméfiée,
dans une grimace qui ne parvient pas à tuer
mon vertige? Vous seuls en avez la prescience,
ô lions! quoique la double valve de vos cœurs
ne vous soit pas un supplice comme l'est à moi
cette duplicité... Et c'est pourquoi je vous évoque
ici, plus calmes et intemporels que le spectre
dont vous avez la garde, veilleurs que vous êtes,
et les remparts de son charnier!

Ces quatre lions étaient donc, malgré leurs
pelages pas du tout léonins, les seuls réceptacles
possibles de mon image, en tant que carnivores
et par suite apparentés à la malédiction que de
toutes mes mâchoires j'appelle sur les hommes
et sur le monde, souhaitant que la herse écrasante
des cataclysmes les écrase sous sa griffe et les
fasse crever.

Le premier était l'anathème que je jette sur
ceux qui m'ont donné le jour. C'est pourquoi il
était en rapport avec les nuages, avec les astres,
bref avec tous les corps qui depuis un temps
immémorial président aux naissances et sont des
signes avant-coureurs du destin. Le deuxième, en

forme de remous et de filet, était le monde dressé
avec ses armes et ses ressources ténébreuses
contre moi, gladiateur lancé dans cette lutte iné-
gale par l'Empereur-Dieu vêtu d'une toge bar-
bouillée de sperme, de jus de raisin frais et d'excré-
ments, soudard sinistre arrivé au pouvoir par la
volonté des seuls esclaves et qui, éternellement
entouré de ses bouffons, de ses mignons, de ses
catins, non content de me donner la mort, exige
encore de moi que je meure avec grâce. Le troisième, que revêtait un simple dessus de piano,
était encore une figure du monde, mais du monde
pris en tant qu'instrument de musique dont je
refuse dorénavant de jouer. Libre à tous les
virtuoses aux cheveux gras d'ignorance, bouclés
de vanité de persister à faire vibrer sous leurs
doigts mécaniques ce clavier d'événements, je ne
veux plus quant à moi continuer à en tirer ces
dérisoires accords moraux, propres à faire pâmer
d'extase mes congénères à cœur de vieilles dames
maquillées. Le quatrième, celui qui ressemblait
au vide, était naturellement l'image du néant;
c'est dans le cœur de celui-ci que mon portrait
était, comme on dit, « le plus vivant »; il présentait sa double tête avec fierté, les pieds de
celle d'en bas prenant naissance dans la cervelle
de celle d'en haut, et réciproquement; quant à
l'organisme qui l'enfermait dans son dédale de
muscles, il ne différait en rien de celui des trois
autres lions, si ce n'est par sa limpidité plus
grande peut-être et son absence d'entrailles visi-

bles ainsi que de tous les organes qui servent à
la digestion.

C'était du fond de cette quadruple cachette,
dont les parois étaient plus minces encore que
celles de la misère physiologique, mais suffisamment opaques toutefois pour qu'il n'apparût rien
de moi au delà de mon image, que j'assistais,
présent en effigie, aux métamorphoses d'Aurora,
depuis que celle-ci gisait morte dans la fosse,
belle comme une dompteuse armée, tige féerique
la suivant dans la tombe, de l'éternelle cravache
de son nom.

Le fantôme d'Aurora s'était donc couché sur
le sol dépouillé de cette étroite cuve et diverses
modifications extérieures avaient déjà changé son
apparence. A son cou frêle, qui supportait si
légèrement sa tête ornée de cheveux, non plus
fauves comme autrefois, mais argentés comme
ceux des fiancées spectrales, un collier de grains
pâles était apparu. C'étaient des perles nées de
ses os délicats irisés par la blancheur lunaire de
sa chair disparue, et leur chapelet chatoyait faiblement, Orient de lait et de mélancolie, pareil à
une longue file d'oiseaux dont les voyages de
saison à saison ont coloré les plumes d'une teinte
brillante légèrement rosée, ou aux insoupçonna-
bles flocons de laine qui restent accrochés le long
des murs d'une prison lorsqu'une troupe de moutons est passée par là vers l'aurore, conduite par

un berger qui sait que tout l'Orient peut tenir
dans une seule goutte de sang mais qu'user leur
toison aux angles des cachots ne nuit pas aux
moutons.

Lorsque ce collier de concrétions mortelles eut
achevé de se former, ce fut une robe lamée d'argent et garnie d'aigrettes blanches qui vint parer
le corps impondérable d'Aurora, puis un petit
échafaudage de fil de fer qui, pareil à la mouche
de taffetas noir que sous la Régence on nommait
« assassine », se posa à proximité de sa bouche,
contrastant par la rigidité de sa structure avec
le dessin courbe des lèvres. En cette petite armature de métal, j'avais reconnu aussitôt le minuscule édifice, réduit à ses seules arêtes, que j'ai
coutume de placer sur toutes choses lorsque je
veux me faire idée de leur douceur.

Ainsi, Aurora se tenait allongée, les yeux clos,
les bras collés au corps, et je regardais cette architecture filiforme qui marquait d'ombres fines
et précises l'écran intemporel de sa joue pour en
faire ressortir la fraîcheur irréductible même à
cette géométrie subtile. Les quatre lions au cœur
desquels j'étais symboliquement figuré semblaient
ne prêter aucune attention à ces événements sans
doute accessoires et pour eux dénués de tout rapport avec le rôle qui leur était confié.

Lorsque collier de perles et appareil de fil de
fer eurent suffisamment fait jouer les ressorts de
leur réalité cachée, ils disparurent, et le spectre
d'Aurora se retrouva comme avant. étendu blanc

et transparent sur son lit d'argile. C'est alors
seulement que commença la vraie métamorphose,
dont ces deux événements n'avaient été que le
prélude et comme la position des conditions. Les
quatre lions rugirent tous ensemble, enfoncèrent
leurs griffes plus avant dans le sol, et la trans-
mutation, panoramique, se déroula.

L'écho des rugissements éveilla d'abord tous
les insectes des alentours, qui accoururent et ne
mirent que quelques minutes à dévorer toute
l'argile de la fosse dans laquelle reposait l'ombre
d'Aurora, de sorte que celle-ci resta bientôt fixée
en l'air sans aucune espèce de support. Ensuite
ce fut un long serpent composé de morceaux de
bois peint — pareil à ces jouets que dans certains
pays d'Extrême-Orient il est d'usage de donner
aux enfants — qui sortit de la bouche d'Aurora
et disposa ses anneaux en forme de chiffre 3. Sur
l'emplacement de la fosse s'élevait maintenant
une ruche remplie d'abeilles et ces insectes tu-
multueux mêlaient leur bourdonnement au rugissement des lions, cependant que le 3 reptilien entourait la taille d'Aurora de sa boucle inférieure
en même temps qu'il s'accrochait, de son angle
supérieur, à la pointe de clou née de l'intersection du quadruple regard des quatre fauves et de
la droite imaginaire reliant le sommet de la
ruche à l'étoile polaire.

Derrière le chiffre 3 s'élevait isolément, hors de

toute autre construction, une haute fenêtre avec
un balcon de fer ouvragé fait de chiffres et de
lettres entrelacées. Aurora se balançait devant ce
rectangle de matière vitreuse, au bout de la ceinture serpentine qui enlaçait ses reins. Mais une
lumière brilla tout à coup derrière les vitres couvertes d'une légère buée, puis une main, ouvrant
brutalement les deux battants de la fenêtre, vint
se poser sur l'appui du balcon. Alors le chiffre 3,
immédiatement scindé, engendra deux objets, —
la barre horizontale supérieure et son biseau ter-
minal se transformant en fouet, et toute la partie
inférieure (celle dans laquelle le corps d'Aurora
se trouvait pris) devenant une faucille qui resta
suspendue entre le ciel et la terre, devant la fenêtre maintenant obscure dont les ornements de fer,
croissant comme une végétation monstrueuse,
avaient envahi et assimilé toute la ruche qui à partir de cet instant (en admettant qu'elle ait encore
eu des abeilles) n'aurait plus été capable de pro-
duire autre chose qu'un miel de chiffres.

L'espagnolette était un homme ligoté, avec un
visage de cire et un bras droit postiche. Lorsque
le corps d'Aurora, qui reposait sur le tranchant
de la faucille, eut été finalement coupé en deux
comme la moins significative des gerbes, la fenêtre s'abîma, et l'homme débarrassé de ses liens
vint s'emparer du fouet, dont à plusieurs reprises
il fit claquer la mèche. Ayant essayé ainsi son
instrument, il s'approcha de la portion inférieure
du corps d'Aurora (le ventre et les jambes,

comme une statue dont on aurait soustrait la poitrine et la tête pour en faire ainsi l'antithèse d'un buste) et, au moyen de grands coups de fouet, lui communiqua un mouvement de rotation semblable à celui dont sont animées les toupies. Étranglé au niveau du sexe par la rapidité et la violence des coups qui causaient son mouvement, ce fragment d'Aurora eut bientôt pris la forme d'un sablier dans lequel vint s'écouler l'autre fragment, que la piqûre d'une abeille survivante avait fait tomber en poussière.

Lorsque tout le sable se fut amassé dans la moitié inférieure du sablier (ce qui demanda vingt-quatre heures), il se condensa en une petite sphère luisante de la grosseur d'un pois, tandis que le sablier lui-même, perdant sa transparence de verre et le moelleux de ses courbes, se muait en un solide anguleux de matière noire, constitué par deux tétraèdres réguliers opposés par le sommet. La petite sphère brillante, extérieure à cette nouvelle figure, se mouvait au hasard aux alentours de cette opacité. C'est alors que les quatre lions, poussant chacun trois rugissements à tour de rôle (de manière que ces cris se succédassent avec la même régularité approximative que les mois de l'année), creusèrent ainsi dans l'air ambiant 12 trappes de théâtre, qui reçurent chacune une des arêtes du double tétraèdre, disloqué par ce bruit comme une ville fortifiée que font s'écrouler des trompettes.

De la première trappe surgit le mois de janvier,

grand-papa gâteux, aux mains chargées de bon-
bons et de souhaits; sa vieille pelisse de fourrure
était mangée des mites et son sourire baveux
fondait, neige d'absurdes dictons. Le mois de
février et le mois de mars jaillirent de deux
trappes voisines, tous deux très élégants, avec
des têtes de financiers véreux entre les doigts de
qui les salcs épargnes ce dissolvent en averses.
Avril et mai montaient en fredonnant une chanson
allemande, dans laquelle il était question de fil-
lettes plus tristes que les plaines de sable quand
les oiseaux morts-nés lissent leurs plumes, chacune
étant l'une des facettes si douces de l'entende-
ment. Puis ce fut juin, qui fit éclater très haut
son étincelante fusée, et juillet, avec les murs
horribles du soleil, animés par aucun lierre tentaculaire et plus nus que l'intérieur d'un four
brûlant, lorsque le pain se carbonise et n'est
bientôt plus qu'une poussière noirâtre bonne à
farder les morts, lui qui n'avait jamais été
d'ailleurs qu'une pauvre virtualité de futures dé-
jections. Août défila rapidement, traînant dans
le sillage de son yacht les splendides vacances,
l'écume de l'oisiveté se résolvant en gouttelettes
blanches qui ne sont toutes que des moments
perdus, mais plus précieux en raison de cette
perte même que n'importe quel outil qui tente
vainement d'instrumenter sur le thème de l'horloge l'abjecte symphonie utilitaire du temps.
Septembre vint, geôlier des carcasses, faisant cli-
queter ses chaînes et ses clefs comme le spectre

du travail dans de longs corridors, labyrinthe
obscur et étouffant qui serre l'esprit entre ses
parois humides et le tue mieux que n'importe
quel serpent. Octobre et novembre passèrent incolores, visages rongés par la boue claire qui se
rencontre aux environs des fours à chaux, à
l'heure où les cadavres que l'on croit tranquilles
même lorsqu'ils nous hantent sont engrenés de
force dans un travail secret aussi désespérant
que celui qu'ils effectuaient de leur vivant, travail pareil à celui des fougères qui se modifient
lentement dans un terrain houiller, sans qu'il
soit loisible à la moindre portioncule verte
d'échapper à la hideuse roue des couleurs, qui
tourne sur elle-même inexorablement, du blanc
au noir, du noir au blanc, à travers le jaune, le
bleu, le vert, le violet, le marron, le gris, le
rouge, comme un train de ceinture qui roulerait
sans arrêt à travers des faubourgs désolés sans
qu'il soit possible aux voyageurs de s'évader de
cette éternelle prison mouvante, car même s'il
leur était permis de se jeter sous les roues afin
d'être broyés les lambeaux de leur chair y reste-
raient collés. Mais après ces signaux d'infaillible
détresse, décembre apparut sous la forme d'un
immense lac gelé, uniformément blanc sous la
demi-sphère noire d'un ciel constellé de points
mats. Les lions rugirent encore une fois, mais leurs
voix étaient celles de vieux phonographes enroués
et leur schéma translucide s'anéantissait dans le
passé, avec ma double figure qui rejoignait déjà

la pénombre des imbéciles symboles, limbes vagues peuplés de créatures stupides, plus bêtes que les pierres, avec leurs bijoux de fer blanc et leurs vêtements taillés à coups de sabre dans d'immondes toiles à matelas. La petite boule luisante restait la seule parcelle mobile de cet univers vide et pétrifié, et son mouvement circulaire, constamment accéléré, déchirait l'air d'un cri strident.

Lorsque ce cri, qui devenait à chaque seconde plus aigu, eut atteint les derniers crissements du délire, la voûte noire se déchiqueta et la sphère de métal brisa son orbe, puis s'en alla tomber, rapace sans ailes lancé dans une chute rectiligne, au centre même de la surface de glace, qui se marqua d'une longue lézarde irrégulière dont la foudre noire, se propageant avec un sinistre craquement, eut bientôt rejoint la frontière géométrique de l'horizon. Alors Aurora, plus fine qu'un météore, Aurora, ressuscitée sous l'apparence de cette ligne mathématique, se dressa brusquement dans sa majesté dure d'éclair et, ayant franchi d'un seul bond de ses jambes électriques la plus haute crête qui couronne le massif humain de la raison, alla se nicher frileusement dans un nuage, qui d'un seul coup devint couleur de sang, comme la merveilleuse lame de fer d'où naîtront les pires supplices.

V

Assis sur une borne kilométrique, contre le talus gazonné qui bordait une route menant vers la montagne, le vagabond examinait la semelle de ses souliers et mesurait à leur usure le nombre des pays qu'il avait traversés. J'avais à peine fini de décliner avec mon cortège de quatre fauves, véhicule de mon image et témoin des avatars multiples d'Aurora, qu'il murmurait le mot : 39, chiffre indiquant combien de villes avaient livré leur corps de pierre à ses foulées. Loin des ornières malodorantes, un nuage qui filait vers l'est emportait un orage jusqu'alors menaçant, et le vagabond pouvait voir, dans les bosselures brillantes des clous de ses chaussures, un ciel parfaitement pur se refléter. La pâte pourrie des jours, plus corrompue que n'importe quel amalgame alimentaire préparé par un fraudeur, empuantissait comme d'habitude la chambre claire du temps, mais rien ne perçait de ce désastre dans le monde sensoriel et le jeune chemineau pouvait, sans crainte des miasmes, attirer jusqu'au fond de ses poumons un air dont son sang fixerait l'invisible grenaille aux pieds

de mille chevaux agiles, par la force des fers re-
courbés d'un impalpable aimant.

Autant que toujours, des fragments de romance
traînaient leurs pas d'infirmes dans sa tête et
maints refrains brisaient leur flux entre ses lèvres, petites vagues venues obscurément de con-
trées étrangères. Une guenille desséchée, suspendue aux volets d'une masure lointaine, laissait
ses fibres effilochées flotter au vent, et dans chaque trou s'engouffrait la tornade d'un mensonge,
avec un gémissement douceâtre de velours destiné à masquer le danger permanent, comme ce
bruissement de l'ongle sur un satin broché, qui
n'a d'autre raison d'être que de cacher l'envie
qu'on a de déchirer. Une plainte traînait ses vieux
moignons tachés de sang dans une ruelle perdue
au fond de l'âme suburbaine du vagabond et celui-ci chassait cette vieille mendiante à coups de
pied, l'invitant, non certes pas! à travailler, mais
bien plutôt à tuer ou à voler. Aucune fenêtre ne
s'ouvrait, orifice de pitié par où passeraient les
dons capables de calmer cette vieille sordide, et
le vagabond restait rigide comme un maire, semblable pour une fois à tous les gens vertueux.
Cependant la pauvresse entonnait une complainte
lamentable et de ses yeux brouillés tombaient
des flèches de cendre. Les murs s'amincissaient
sous l'influence de cette musique ténue et tous
les bruits ménagers s'évadaient des chambres
pour tomber dans la rue, avec un bruit mou de
fumier qui s'entasse, quand les coups de fourche

se font de plus en plus rapides, accélérés par le
déclin du jour. Lorsque minuit sonna, il ne restait plus de la vieille qu'un haillon de taffetas
et les maisons étaient figées dans le silence, bâil-
lonnées par leurs fenêtres closes. Toutefois la complainte ne s'était pas évanouie d'une manière
aussi complète que la ville qui était son décor et
le vagabond entendait encore quelques couplets
bourdonner dans sa tête, bien après que ruelles
et murailles se furent dissipées, comme les archi-
tectures solaires de la poussière qu'un seul rayon
fait apparaître mais qu'il suffit d'un nuage pour
effacer. Le vagabond faisait tourner sans y pen-
ser sa bague d'or autour de son auriculaire et le
passage de chaque rat ciselé sur la ride qui marquait le milieu de sa phalange coïncidait avec un
éclat de voix correspondant à une des rares pointes demeurées blanches du squelette noirci et
rongé de son refrain. Ces accents disparates pouvaient être liés entre eux par une ficelle imaginaire, et c'est ce débris souillé, vieux bout de
corde pas même bon pour se pendre, qui resta seul
finalement dans le cadre de sa tête, accroché au
montant supérieur, qui allongeait horizontalement
sa ligne de bois d'ébène au-dessus du vide tra-
versé par cette unique tresse de chanvre, dont les
fibres les moins usées supportaient avec peine leur
propre poids, pourtant aussi minime que celui des
scrupules abandonnés.

> « Le spleen,
> la satiété,

le guignon,
l'échec,
l'insuffisance,
le malheur,
l'adversité,
le désespoir,
la détresse,
la lâcheté,
l'ennui,
la peur,
la tristesse,
la terreur,
le dégoût,
la douleur,
la souffrance,
le chagrin,
la fatalité,
la rage,
la mélancolie,
l'impuissance,
la fureur,
la torture,
l'anxiété,
l'angoisse,
la misère,
le tourment,
l'incertitude,
le doute,
la déception,
la désillusion,
le désenchantement,

le crève-cœur,
l'inquiétude,
la maladie,
le cauchemar,
l'insomnie,
l'effacement,
la mort,
la sécheresse,
l'anéantissement,
l'esclavage,
la lassitude,
le découragement,
la rancœur,
la fatigue,
l'épuisement,
la honte,
la crainte,
l'horreur,
la frayeur,
la malchance,
la stérilité,
l'écœurement,
la faiblesse,
la colère,
la frénésie,
la déroute,
la défaite,
l'abdication,
la ruine,
le naufrage,
la catastrophe,

la faillite,

la perdition,

la chute,

la déchéance, — murmurait le vagabond en laissant la corde jaune vibrer dans le
creux de sa tête —, autant de mots dont je nie-
rai obstinément le poids, attachant de mes propres
mains l'étiquette blanche noircie de lettres qui
forment le mot NUL à chaque article, dans le
grand magasin des rumeurs. De la myriade de
torches qui brûlaient dans ma tête, je n'ai gardé
qu'une touffe, une boucle de cheveux, parce que
cette mèche est capable de faire sauter toutes les
structures du jour, instaurant le désordre, lit dur,
mais dont les draps blancs et défaits, rivières de
pâmoisons, sont les seuls qui puissent convenir à
mon cœur. Lorsque le pène glisse dans la serrure,
un arbre laisse tomber ses fruits, et j'envie l'in-
secte gris qui s'y enfouit, armé de mâchoires car-
nassières, mais si bien calculées pour subir la fraîcheur. Il se creuse un chemin délicat à travers la
claire obscurité de la pulpe et quand les sonnettes
discordantes du réel font chorus avec les hurle-
ments sans fin du tribunal de la sottise, il fait craquer le fruit, le change en bombe métaphysique,
plus meurtrière que n'importe quel engin, parce
qu'à la fois réel comme un Pérou, irréel comme
l'amour de celui qui un jour assassine le directeur
d'une banque afin de subvenir aux besoins luxueux
d'une danseuse dont les foudroyantes attitudes
sont autant de branches feintes pour permettre à

nos gestes tendres, oiseaux fugaces, de s'y poser. Du promenoir d'un music-hall dans lequel, mon regard annulant les trous de mes vêtements, nul n'aurait osé prendre sur lui de m'empêcher d'entrer, je vis un soir une femme toute blanche dont le corps voluptueux se balançait de terre à ciel, porteur uniquement d'un soutien-gorge et d'un cache-sexe de diamants. Son trapèze était pareil à ce montant de bois auquel pend la corde qui à elle seule anime actuellement mon cerveau, mais chaque ongle de ses mains et de ses pieds luisait comme une larme ou un poignard. Sur la mer écarlate de ses lèvres passaient des vaisseaux pavoisés, visibles pour moi seul et que ma fièvre commandait, tandis qu'au centre de son ventre un escalier tortueux s'engloutissait, immuable tourbillon de pierre menant vers un sous-sol immense, doucement pavé d'algues et d'auréoles sous-marines. Lorsque les draperies refermées eurent séparé mes regards de la scène, le music-hall s'anéantit et je me trouvai à proximité d'un terrain vague jonché de planches pourries entre lesquelles couraient des rats, tandis que des mouches empoisonneuses bourdonnaient et que d'ignobles larves phosphorescentes tentaient d'escalader mes jambes. Mais cette boucle de cheveux dont j'ai depuis tressé ma corde était restée collée au sommet d'une palissade, et je la regardais remuer au vent qui palpitait à en mourir, au vent du sud, au vent sifflant, au vent vivant, au vent mourant... »

L'évocation de cette épave légère —petite plante

jaune et soyeuse fixée au faîte d'une planche ra-
boteuse et surplombant en feu follet le désert
d'une banlieue de désastre (terme qu'il avait
pourtant nié mais qui revenait toujours avec l'obs-
tination d'un spectre qui veut forcer toutes les
portes) — avait enlevé au vagabond toute idée
de repos, même momentané, et déjà il se remet-
tait sur pied, ramassait le bâton noueux qui l'ai-
dait à marcher dans les plus durs chemins et
repartait, ayant vérifié d'un geste furtif de la
main que l'unique tome qu'il possédât des œuvres
hermétiques de Paracelse était toujours bien au
fond de la poche de sa veste souillée, entre un
morceau de chandelle et un croûton de pain.

Lorsqu'il eut marché quelques heures et que ses
talons eurent orné de tout un cortège d'empreintes
plus ou moins solennelles la poussière molle de
la route, son habituelle insouciance lui revint et
il ne songea plus guère qu'à regarder les arbres
alignés en bordure du chemin, comme une double
rangée de bougies allumées plantée le long d'une
table somptueusement servie, chez ceux qui tiennent à fêter comme il sied l'anniversaire d'un
très petit enfant, tout à fait ignorant encore des
stratagèmes du temps. Pareil à ces colonnes de
cire, chaque arbre qu'il dépassait figurait une
journée écoulée, et le vagabond aurait pu, regardant droit devant soi, évaluer combien de jours
il lui restait encore à vivre, rien qu'en comptant

le nombre d'arbres qui le séparait de l'horizon,
dénivelé et ramené à proximité par la masse nei-
geuse d'une montagne très élevée. Mais cette montagne était un spectacle bien autrement attrayant
que l'avenue monotone, à peine sinueuse qui y
menait et le vagabond observait, avec une curiosité à nouveau passionnée, le bouquet d'événements qui éclosait à mi-hauteur de la principale
cime, à la pointe de laquelle étaient attachées
diverses cordes obliquement tendues dont les lignes
divergentes, amenuisées par la distance, semblaient, en dépit de leur grosseur, plus minces
même que les cheveux qui, de leurs nervures
blondes et déliées, avaient formé, derrière les
yeux du chemineau, la prodigieuse touffe.

« Quand des alpinistes, poussés généralement
par la plus piètre vanité, s'en vont au petit jour
pour tenter l'ascension d'une aiguille extrêmement escarpée, ils se dépouillent de tous les objets
superflus afin de s'alléger, mais ils oublient presque toujours d'abandonner au creux de cette
plaine que je n'aurai jamais fini de mépriser leur
bagage abstrait de préjugés. Qu'ils montent, ces
hommes qu'un désir apparent d'altitude pourrait
faire croire prédestinés, qu'ils montent jusqu'aux
hauteurs les plus secrètes échafaudées entre une
terre à jamais vacillante et un ciel plus limpide
qu'un sourire sur un marais figé, le passage des
oiseaux échappés de la friperie du mètre ou de
l'horloge les touchera peut-être — parce qu'il n'y
a rien d'impossible à ce qu'un tel phénomène soit

susceptible, dans une certaine mesure, de les char-
mer — mais non pas, j'en réponds, de la manière
faite de tiares incendiaires capable de frapper le
vrai prophète, celui qui, sans se soucier ni de
l'exact ni du faux, ayant arbitrairement déduit,
de la direction dextre ou sinistre de ce vol, l'heur
ou le malheur de l'équipée, poursuit sa voie les
yeux fermés. »

Ainsi raisonnait le vagabond, tandis que sur les
pentes de la montagne s'élaboraient matérielle-
ment les vraies déterminantes de son destin. Ses
vagues de joie et de tristesse, de fumée et de feu,
de oui et de non, venaient en effet de se déposer
sur le flanc de la cime glacée, sous forme d'une
gigantesque main, faite de terre arable et de grès
rose mêlés. Aucun des fils venus du sommet n'ef-
fleurait la moindre parcelle de cet organe et les
cinq doigts restaient grands ouverts dans le vent,
libres de tout contact avec ces longues ficelles
tendues. A quelque distance de cette main, un
homme de très haute stature était debout, les
jambes enveloppées dans des bandes de toile
blanche maintenues par des lanières de cuir entrelacées dont le treillage se détachait en rouge sur
le tissu, substituant aux tibias, aux fémurs et aux
muscles une série de losanges sertis de sang. Deux
fines tresses de cheveux gris descendaient le long
de sa poitrine, parallèlement aux pointes de sa
moustache, et celles-ci laissaient pendre leur
double liane devant son torse que protégeait un
bouclier de verre. C'était un soldat mérovingien

armé d'une lourde hache et d'une lance de bois
dur, dont la pointe montait aussi haut que les
aiguilles de glace dressées derrière lui comme
une grille éclatante, sous une voûte de nuages
réunis là pour voir, dans l'attente d'événements
singuliers qui distrairaient leur vie, uniforme bien
qu'errante.

Lorsque le vagabond ne fut plus qu'à une portée
de flèche du pied de la montagne, la main rocheuse
se referma soudain et ne fut plus qu'un poing
énorme tendu vers le ciel, entre les fils rigides qui
partaient du sommet. D'un geste qui avait fait
s'entrechoquer ses bracelets de bronze avec un son
plus émouvant que celui du tonnerre, le guerrier
franc avait lancé très loin sa hache, et celle-ci était
allée se planter à l'extrême pointe de la cime, y
découpant une crevasse profonde qui s'étendit du
haut en bas. En même temps, un bruit semblable
au craquement d'une avalanche s'était répercuté
jusque dans les halliers les plus cachés qui ver-
doyaient au cœur du vagabond et celui-ci voyait,
avec des yeux dont les pupilles s'irisaient comme
un givre, le bouclier de verre se briser en mille
miettes, tandis que la lance de bois, échappant
aux mains de celui qui en était armé, s'abattait
avec un long sifflement de tempête et tranchait
dans sa chute les cordes fixées à la cime du mont.
Il n'en fallait pas plus pour faire déferler une marée d'ironie dans l'âme du vagabond.

Ce fut avec une joie délirante qu'il vit guerrier
et poing se résoudre en poussière, entraînant dans

leur disparition les fils coupés et la montagne elle-même qui fut bientôt dans le paysage aussi inexistante que le souvenir d'un soupir, lorsqu'un nouveau détour de route est venu capturer de son bras parfumé les membres étincelants de l'homme unique qui l'a poussé.

Le vagabond se remit à marcher et son pas, de seconde en seconde, se faisait plus rapide, comme si c'était maintenant le monde entier qu'il devait traverser, et cela dans cette même journée, avant que le décor immonde d'une nuit sombre mais dénuée de mystère ait étouffé, entre ses portants construits par le sommeil abject de cent millions de porcs, la frénétique folie du jour...

Aurora! Aurora! figure plus pure qu'une étincelle ou qu'un coup de sonde jeté dans un désert, ce sont tes merveilleuses aigrettes de flamme qui accélèrent à ce point les pas du vagabond solaire; c'est ta robe argentée et ta chevelure fulgurante, c'est ta bouche, cratère rose d'où s'envolent parmi quelques scories d'intelligence tes paroles fugitives et insensées, c'est ta main fraîche et dure dont les ongles sont des bêtes étrangement luisantes, qui attirent cette tête où n'est restée qu'une touffe de cheveux blonds! Un fracas de voitures ou de casseroles horaires peut bien faire trembler ces murs que seule pourrait abattre la démence, c'est ton image d'herbe et de chair qui s'interpose entre mes yeux et tous les lits, détruisant meubles, bibelots, infâmes outils d'utilité courante, et ma raison elle-même, mon ordurière raison.

Ainsi s'écoulaient entre les monotones berges de l'espace le fleuve éternellement semblable à lui-même, malgré ses soi-disant contradictions, qu'était l'esprit du vagabond. Ainsi s'avançait-il, à travers les détours toujours insuffisants des phrases, vers l'océan mortel qu'une écume d'éclats de rire ne parviendrait jamais à rendre moins amer.

Mais une voix aux inflexions vagues et langoureuses lui ordonnait de tenir tout cela pour dérisoire, et il s'efforçait, soumis à ce seul commandement, de se moquer.

Il marchait donc et suffoquait de rire. Il jonglait avec son bâton, il sautait, il dansait. Il chantait même une chansonnette anglaise dont l'air, burlesque bien que sentimental, se composait de notes qui pétillaient comme les minutes sous la latitude où tout s'enrhume, même les montres. Mais sa fatalité interne restait pourtant en permanence, et pas un de ses gestes, ridicule ou touchant, ne pouvait faire dévier d'un millimètre la ténébreuse boussole marquant le nord de son destin.

Comme il s'amusait, toujours perforé par le rire, à lancer sa bague en l'air et à la rattraper — petite masse de métal moins précieuse par son or que par la ciselure légère de ses rats — celle-ci lui échappa soudain et tomba sur le sol, au milieu du chemin. Il se mettait déjà à genoux pour tenter de la retrouver, lorsqu'il s'aperçut qu'elle avait réellement *disparu*, perçant dans la terre un mince et long tuyau oblique qui traversait la planète en séton. A côté de l'orifice de ce tuyau, la poussière déplacée par la chute de la bague avait constitué des reliefs bizarres, dans lesquels on pouvait discerner ces mots plusieurs fois répétés :

OR AUX RATS.

D'autre part, sur un caillou émergeant de la poussière à quelques centimètres de cette inscription, une figure en forme d'écusson était visible, divisée en deux par une ligne verticale qui partageait ainsi, selon le méridien de la bouche, du nombril et du sexe, une silhouette féminine en deux moitiés. Bien que ces deux moitiés fussent totalement opposées par leur aspect (celle de droite blanche et nue, celle de gauche noire et vêtue de falbalas), une seule banderole s'étendait sous leurs pieds, portant en caractères semblables aux reliefs qui venaient d'écrire OR AUX RATS, cette dénomination paléontologique latine :

ELEPHAS ANTIQUUS.

A peine le rieur eut-il déchiffré ce double appel vers la voie souterraine, longue et funèbre galerie creusée par quels insatiables rongeurs ? qu'il se sentit comme aspiré et, glissant pendant quelques secondes ou quelques siècles le long de ce puits étroit, fut transporté finalement dans les limites d'un territoire qui lui était tout à fait inconnu.

Au-dessus de sa tête, dont la sphère presque exacte surmontait toujours son corps (celui-ci supporté par ses pieds, qui eux-mêmes se trouvaient au milieu d'une plaine vaste, sans routes ni végétation), brillait un astre étrange, pareil à un anneau de Saturne tout proche ou à un zodiaque matérialisé. C'était sa bague démesurément élargie qui s'était ainsi fixée au centre du ciel et éclairait la surface vierge de la plaine avec les signes velus de ses douze rats.

Au sommet d'une très haute tour dont les créneaux s'élevaient jusqu'aux dernières couches sombres de l'espace, se trouvait un large échiquier composé de carrés mats et de carrés miroitants alternés. Une pièce unique, petite figurine de forme humaine, était placée parmi les carrés de cet échiquier, mais quelle que fût sa position dans le quadrilatère du jeu, les étoiles glauques qui se reflétaient dans les cases miroitantes la mettaient à chaque coup échec et mat. Peut-être un observateur se tenait-il tapi dans les entrailles de la tour, supputant les conséquences de cette désespérante faillite, mais le vagabond — quand bien même il l'aurait aperçu— ne se serait pas soucié de ce joueur invisible, car son attention était dirigée bien ailleurs, sollicitée par un tout autre objet placé dans une ambiance d'orage, qu'indiquaient de gros nuages dont les stries rouges le surplombaient.

Il s'agissait d'un château féodal mi-ruiné, situé à la limite extrême de l'horizon, dans la direction diamétralement opposée à celle du point spatial qu'occupait l'échiquier par rapport au vagabond, et sur les murs crénelés duquel on pouvait discerner, malgré la distance, le reflet zodiacal d'un des douze rats.

La vue de ce manoir (hissé au centre d'une ville aux remparts presque écroulés) eut vite fait de rendre au vagabond la lucidité et le sang-froid que peu de temps auparavant il avait égarés dans le dédale d'un dimanche sans lendemain. Renonçant à ses manifestations intempestives de fausse joie, il serra solidement son gourdin dans sa main droite et, d'un pas ferme et mesuré, se mit en marche vers le château, tout en fredonnant le refrain suivant, sur un ton ni très triste ni très gai, mais comparable pour la neutralité au départ d'une banquise de poissons :

I have a sweetheart whose name is Dora,
But I love Diana too, and Anna, and Flora,
  Weep, chimney, weep for Aurora!

If Dora kissed me, I should kiss her too,
But she never kisses me and I stay on tip-toe.
  Weep, chimney, weep for Aurora!

If Diana were a cloud, so I should be a log
Burning with a great smoke up to this nice cloud.
  Weep, chimney, weep for Aurora!

If Anna were Flora, oh! could I love Flora?
If Flora were Anna, oh! could I love Anna?
      Weep, chimney, weep for Aurora!

But if Dora were Diana, were Anna, were Flora, were
Oh! How wonderfully I might kiss Dora!   [Dora,
      Weep, chimney, weep for Aurora!

Vers la fin de ce même jour — tandis que le vagabond s'acheminait vers les ruines du château
médiéval où sans doute il trouverait un abri pour
la nuit —, dans une ville des Antipodes aux vitres
marquées toutes par l'empreinte d'un pouce de
suie, alors que le soleil à son déclin ne parvenait
plus à s'infiltrer qu'aux étages supérieurs des plus
hautes maisons et que les habitants de cette ville
maritime, rigoureusement cloîtrés chez eux, sa-
vouraient à la lueur de mauvaises bougies les derniers détails relatifs à une récente catastrophe de
chemin de fer (c'était en l'espèce un déraillement
survenu non loin de Vienne, à l'Orient-Express,
juste au moment où l'un des voyageurs, coureur
automobiliste extrêmement connu, après avoir
raconté à un interviewer qui se trouvait dans le
même wagon que lui comment, à toute vitesse,
son bolide s'était retourné à cause d'un long cheveu de femme qui s'était pris dans un moyeu, allait livrer le nom de celle à qui avait appartenu ce
cheveu), trente tonneaux pleins de sang et d'urine
dévalèrent jusqu'au port par la rue principale
et, se heurtant 84 fois à une borne du quai, son-
nèrent ainsi 7 fois minuit. Puis, le plus gros d'entre eux s'équilibrant aussi bien que possible, laissa
les 29 autres, par ordre de volume décroissant, s'éta-
ger au-dessus de lui, de sorte qu'en quelques secondes une assez haute colonne s'était formée ainsi,
plus étroite au sommet qu'à la base, et pourvue de
renflements pareils à ceux qui boursouflent la tige
de certains arbres tropicaux. Alors, par les trente

bouches de leurs trente bondes, différemment
orientées de manière que cela fît grandes eaux, ils
lâchèrent le liquide âcre dont ils étaient chargés,
cependant que le plus petit d'entre eux — et par
suite le plus élevé — sur un ton suraigu déclamait
ce qui suit :

« Question :

— Que vaut-il mieux, être tiré à quatre épingles
ou bien tiré à quatre chevaux?

Réponse :

— Il vaut mieux être tiré à quatre épingles
qu'être tiré à quatre chevaux, parce que celui qui
est tiré à quatre épingles a toujours le temps
d'être tiré à quatre chevaux, alors que celui qu'on
tire à quatre chevaux n'a plus le temps d'être tiré
à quatre épingles.

En raison de quoi nous mettons en vente, à
des prix défiant absolument toute possibilité de
concurrence, le fameux mobilier de Descartes, à
commencer par son *poêle*, dont certains disent
qu'il ne fut qu'une pièce convenablement chauffée,
de manière à permettre à son esprit d'atteindre la
température moyenne, pas plus caniculaire que
glacée, mais simplement d'eau tiède, nécessaire
pour assurer à ses méditations leur maximum de
rendement, — à terminer par son illustre *table
rase*, dont il aurait bien dû, afin de lui conférer
une valeur autre que celle d'un coup de sifflet

pour faire lever les morts d'un cimetière voué depuis peu aux cultures maraîchères, raser en premier lieu (opération que seule il eût pu sans mentir appeler « table rase ») les quatre pieds.

Lorsqu'un physicien — avide de compléter le cadre dans lequel l'univers, à ses yeux, de toute éternité fut inséré — inventa cette expression, le *zéro absolu*, point qu'il situa à moins 273 degrés sur l'échelle thermométrique centigrade, il ne comprit pas la valeur symbolique qu'avait, effectuée dans sa bouche, la conjonction de ces deux termes, ni qu'il décrétait ainsi, pythie en transe ignorant la signification profonde de son langage, l'identité certaine de l'absolu et du néant.

A l'heure où les relations craquent et tombent, semblables à des fagots de bois mort, ce n'est pas un prodigieux bûcher qui se prépare à illuminer de ses flammes la vie dépouillée de toutes ses poubelles contingentes par un chiffonnier livide au corps sataniquement svelte, mais un foyer de cendres mortes, balayées par le premier coup de vent afin que rien ne reste dans le jeu et qu'un témoin hypothétique placé sur une éminence fictive de manière à pouvoir observer à loisir les conséquences de l'événement ne puisse prononcer que cette seule phrase : « C'est l'absolument nu. »

Aussitôt passée la minute où gants et vêtements se creusent en vue de recevoir la substance corporelle qui niche dans leurs alvéoles, déchirez vos

habits, hommes et femmes parés pour de gro-
tesques danses, lacérez vos souliers, piétinez vos
chapeaux, laissez tomber vos peaux, vos muscles,
vos charpentes, vos désirs, vos idées, déchargez-
vous comme des tombereaux de pierres dont le
contenu, cube par cube, s'effondre en mugissant,
déchirez même ces pierres et leurs derniers gravas,
afin que l'absolu s'avance dans sa majesté fauve
de roi inexistant, monarque supposé hissé sur cette
monumentale estrade au sommet de laquelle vous
mène ce zéro-escalier, composé exactement de 273
degrés.

Pour forger le nombre qui construisit ces marches,
le chiffre 2 s'est montré le premier. Il est souple
et bien équilibré, beau et sinueux comme un
couple en amour. C'est le premier des chiffres
pairs, la symétrie du socle, mais cette parité pri-
mordiale peut également s'orthographier PÈRE et
devenir alors l'indice originel de toute ignominie.
C'est par ce *pair* sous forme de *père* que l'on
arrive à 3 en effet, chiffre valseur de la généra-
tion, nombre-vaudeville, trinité dérisoire qui devrait ne jamais se montrer qu'en caleçon. Mais 7
est entre eux deux, écharpe malade des sept teintes,
arc-en-ciel de la peste; et s'il est placé là, au
centre de ce nombre, c'est pour démontrer que,
de même que toutes les radiations des diverses
couleurs lorsqu'elles sont superposées aboutissent
au blanc, de même les chiffres lorsqu'on les mélange se confondent en O, cercle sans commencement ni fin s'appliquant à merveille au chaos,

masse qui ne contient plus ni réalité ni relations, boule blafarde et molle qui ne se détache aucunement du fond négatif et incolore dont votre vie n'est et ne sera jamais qu'un éphémère et noir positif.

Donc, pour acquérir une chance de pénétrer dans un pareil jeu de miroirs et tenter de devenir leur plus central reflet, déshabillez vos chairs, vos os, vos sentiments, vos pensées même, et puis taillez à coups multipliés d'une hache hasardeuse dans une vitre sans tain, sans possibilité de tessons, sans couleur et sans forme, au grand jamais. La corde monotone qui frissonne au delà de toutes les portées d'arcs bandés par des archers aux statures symétriques, c'est le filament inconsistant des pendaisons, portée musicale où ne peuvent s'échafauder que des arpèges, non de rêve, mais de cauchemar. Si les cloches sonnent les jours de fête, les nuits aussi de funérailles, dans tous les bourgs étouffés par des vallées aux pentes de viande, de cailloux ou de fiel, c'est pour frapper au lieu lointain où s'entrecoupent ces chimériques miroirs, afin que de cette confusion du sonore et du visuel —confusion à transporter scrupuleusement à travers tous les domaines : erreur de la bouche et du ventre, du toucher et du sexe, de la corde et du cœur, du spirituel et du naturel — puisse momentanément naître le grand nu blanchâtre, le fantôme féminin de structure aussi imprécise que la citerne de chaux recéleuse de plâtras et de toiles d'araignée contre laquelle parfois vous dormez, le

front appuyé à sa paroi rugueuse, croyant avoir
ainsi la tête en contact physique et parfaitement
sensible avec votre réalité interne, votre substan-
tialité, extériorisée sous l'apparence de cette citerne et à vous brusquement opposée, puits retourné
ou gazomètre. Nous, tonneaux pleins de sang et
d'urine, participons de cette substance unique, en
raison de notre forme cylindrique et de nos bondes,
mais nous n'en sommes que le reflet burlesque, le
seul que vous soyez vraiment à même de con-
templer....

Car vous ne l'atteindrez jamais cette étincelante
nudité blanche, dédaigneuse et charmante princesse vers qui se tendent tous vos désirs. Son
corps, pourtant aussi réel que le tourment diabo-
lique qu'en vos têtes il engendre, vous ne le vio-
lerez pas, car votre nudité, votre blancheur à
vous est pire que la poussière et ne pourrait se
comparer, en fait de sol où se vautrer, qu'à des
sables mouvants. Son esprit, sans cercles ni segments, et net comme l'intérieur d'une sphère de
verre, vous n'y pénétrerez pas, car le vôtre, même
débarrassé de toute enveloppe de corps, y éclate-
rait immédiatement, gros fruit plein d'un jus sale
que ne contiendrait plus le moule, aussi pesant
que l'air, des quatre dimensions. Son cœur, vous
ne le toucherez pas non plus, parce que ses im-
placables diastole et systole n'ont aucun point
commun avec les vôtres et que vous seriez entièrement incapables d'adapter votre rythme à ce
mouvement qui ne commande à aucun sang, mais

n'est que la pulsation vague et combien lointaine
d'une écume pétrifiée, dans l'immobilité et le
silence.

Car ce n'est pas plus pour vous que pour l'absurde
philosophie qu'elle est construite, la fabuleuse carcasse la déroutante figure charnelle issue des obscurs
remuements de l'espace et des rencontres de projectiles nickelés sur la surface pas encore gondolée du
destin et du temps. S'il advenait qu'un court instant elle daignât se montrer à vos yeux, dans le
hasard d'un rêve ou le dédale d'une mortelle
pestilence, peut-être serait-ce sous l'aspect fugitif
d'une magicienne splendide et nue, abondante en
cheveux comme un fauve, mais quelques larges
cercles de cuivre poli lui entourant le corps. Ses
épaules, plus blanches et mates qu'une cire lunaire, émergent de cette insuffisante cuirasse,
qui laisse également transparaître ses seins, aussi
rigides et égaux que les hémisphères de Magde-
bourg. Son ventre, ferme et bombé comme la
trajectoire décrite par un fruit lorsque la fronde
du vent l'arrache de l'arbre où il pendait comme
la mâchoire d'un mort, n'est pas moins attirant
que sa croupe, coupée en deux par une gorge
profonde d'où ne s'envoleraient que des corbeaux
et des vautours, s'il était possible que quelques
créatures vivantes y eussent bâti un nid avec les
branches arrachées aux cyprès d'un cimetière ou
les menus fragments de pierre provenant des
ruines d'un mausolée. Quant à sa tête, bel éten-
dard de douceur et de peau fine planté au som-

met de cette étrange musculature, une étroite demi-sphère de métal bleuté lui compose une coiffure qui porte, en guise de cimier, un très haut pic glacé, en forme de paratonnerre. Cette tige luisante s'élançant du milieu de son front la transforme en antique licorne, mais en licorne dont la pioche acérée s'attaque non seulement à l'écorce des arbres et aux bêtes sauvages, mais encore aux hommes, à la nature, au ciel, à l'univers, parce que, pal d'acier, elle communique avec l'orage.

Et c'est fatalement munie de cette pointe éternelle — aiguille pâle aimantée vers le pôle des déchirements et des tortures, tige effilée réduite à l'immatérialité d'une simple ligne — qu'une fois, peut-être, vous entreverrez fugacement son image, lorsque vous ne serez plus que des lunules broyées entre les boucliers jumeaux de l'absolu et du néant, écrasées au point précis de leur tangence, et que le monde n'étendra plus comme aujourd'hui ses pages salies de lettres et de chiffres, en vue de quelle odieuse réclame ? »

L'orateur-tonneau en resta là de son discours, car déjà les jets de liquide organique s'échappaient des bondes avec moins de violence, puis devenaient simples filets, léger suintement, jusqu'à ce que s'arrêtât complètement leur coulée sonore cuivrée de rouge.

Lorsque la dernière goutte elle-même eut été absorbée par le sol et que le flux de sang et d'urine, comme précédemment le flux suraigu d'éloquence, se fut entièrement tari, la colonne de futailles raisonneuses s'écroula d'un seul coup, avec le bruit lugubre et caverneux d'une pile de cercueils qui s'effondre, et les trente tonneaux, dispersés, roulèrent tous dans la mer où ils furent successivement happés par des courants variés qui les entraînèrent aux quatre coins du monde, angles dièdres coupés dans un pur givre d'abstraction par le couteau, lui-même abstrait, qui servait de nageoire au fantôme d'un poisson.

Cependant, dans un bouge de la ville, une très jeune prostituée mourait mystérieusement au même instant; deux fonctionnaires vêtus de noir mettaient à nu son corps que pavoisait la soie liquide constituant d'ordinaire le blason rouge des femmes qu'on assassine, et sur son sein tremblant encore, et blanc comme neige parce qu'il était poudré de cocaïne, ils découvraient un tatouage à demi effacé figurant un château médiéval dont les premiers murs d'enceinte, dominant une immense et inquiétante lagune, n'étaient autres que les remparts de cette ville restée très belle en raison de son nom plein d'amertume et de fraîcheur :

AIGUES-MORTES.

Quelques échelons plus haut sur l'escalier de l'atmosphère — là où les oiseaux, ne trouvant plus de point d'appui dans l'air trop raréfié, sont obligés d'utiliser non leurs ailes mais leurs griffes comme des explorateurs suspendus aux parois d'un cratère — la robe sans nom et les écharpes brûlantes, jointes au lacis d'éclair qui composait la trame d'Aurora transformée, se balançaient au ciel comme des chairs dépecées, tandis que les derniers volants de sa jupe de vapeur étendaient jusqu'à l'horizon leur perspective d'éventail, étroit triangle de tissu qu'un seul coup de vent aurait été à même de supprimer.

Dans le cadre encore trop résistant de cette armure triangulaire faite de nuages et de cristaux amalgamés, Aurora s'ennuyait à mourir et derrière les barreaux mercuriels qu'avait formés la densité intermittente du vide, les lions de ce coûteux ennui bâillaient aux tempêtes et criaient.

Une chaleur suffocante emplissait de grandes bennes avec les blocs de son minerai couleur d'été. Au fond d'une forêt dont les arbres n'avaient pas encore livré leur écorce à la sculpture houillère, un étang au dégel laissait fondre ses bijoux, taillés selon la forme des arêtes des poissons que pendant plusieurs mois il avait retenus prisonniers. La froideur ennemie des guêpes et des moustiques s'était enfuie, et maintenant elle se tenait terrée dans la zone des laves éteintes d'où s'extrait le basalte dont se servent les statuaires d'un mensonge éhonté. Mais à travers ces multiples veinures que la torpeur épaississait, plusieurs épingles rougeoyantes circulaient, charriées par un sang clair, vif, et très mobile encore malgré le poids d'incertitude dont les unités fausses s'amassaient, entassées les unes sur les autres par des mains gauches et des mains droites qui heurtaient sans relâche leurs fines sinuosités en un tournoi de lignes contraires, contradictoires, contrariantes et contrariées...

VI

Le soleil venait juste de descendre au-dessous
de la ligne bleu sombre qui limite la mer, lorsque
le vagabond, ayant marché de longues heures
sans s'arrêter, parvint devant une ville ancienne
dont l'enceinte fortifiée s'étendait indéfiniment le
long d'une vaste plage coupée d'étangs, de marécages, de fondrières, et vouée dès l'origine à la
traîtrise des vases molles et des sables mouvants.
C'était Aigues-Mortes, ville déserte, abandonnée
depuis le jour où le souverain qui la bâtit mourut
pestiféré durant une folle et criminelle croisade,
— Aigues-Mortes, que les géographes obstinés
s'entêtent à situer sur la rive septentrionale de la
Méditerranée, bien que ce port qu'ils disent avoir
été florissant dresse ses quais aujourd'hui éboulés
et ses murailles lézardées au bord d'une mer infiniment plus lourde et plus salée, celle dont on ne
peut connaître le contour qu'en regardant au
verso des cartes de la terre, et que bornent au
sud la Rivière Noire mais au nord le Mont Blanc.
Le vagabond, continuant sa marche, franchit
les portes de la cité et eut vite fait de constater
son état désertique, parcourant les rues inanimées

vides, sans boutiques ni maisons, et dont les cana-
lisations tristes convergeaient toutes vers le château féodal mi-ruiné qu'il avait aperçu vers le
milieu de la journée, mais qui finalement n'était
guère qu'un long hangar fait de planches moisies,
recouvert d'une toiture de toile goudronnée dé-
chirée en plus d'un endroit, et par suite très peu
propre à lutter contre les intempéries.

Un peu à l'orient de la ville, s'entendait le
grondement d'un orage encore vague et lointain,
aux nuages trop imprécis encore pour qu'on pût
les distinguer nettement de la nuit commençante;
mais de moment en moment cet orage, insen-
siblement, se rapprochait, avançant avec une régularité suffisante pour qu'il fût d'ores et déjà
possible de prévoir à quelle minute il se trouverait au-dessus de la tête du vagabond, — et de
la mienne aussi, car à l'instant précis où l'éternel
marcheur pénétrait dans l'enceinte de cette ville,
prenant garde aux reptiles qui sommeillaient parmi les pierres, j'y arrivais moi-même par une
route opposée que j'avais prise et suivie plusieurs
jours, bien que j'eusse toujours été totalement
ignorant de son point d'aboutissement.

C'est avec une attention aiguë, alvéolaire, beaucoup plus organique que conforme au tracé de
n'importe quelle manœuvre du cerveau, c'est avec
des regards prolongés comme des aiguilles de pin
ou de légères tiges végétales que j'observais le
vagabond, et cette étrange cabane qui semblait
bien devoir abriter la forme dernière, la plus con-

crête aussi, de son destin, — moi, dont le rôle
paraissait décidément réduit à celui, misérable, de
spectateur, quoi que y fissent mes bras battant
l'air comme des rames, mes jambes trépidantes,
ma bouche grosse de sarcasmes quant au sort
ignoble qui m'était ainsi fait.

Les planches qui composaient le faux château
étaient extrêmement noueuses, d'une belle couleur
de terre humide, et leur remous de lignes s'élar-
gissait, semblable aux sillons circulaires que creuse
dans une plaine en friche la chute d'une pierre
très pesante lâchée d'un point de l'atmosphère
suffisamment élevé pour qu'elle traverse et remue
l'humus comme la surface d'un lac, avant d'aller
se perdre dans la glu souterraine.

Sur ces planches, identiques à celle qui m'avait
servi à peu près de radeau au commencement de
ce voyage, le vagabond ne s'attarda certainement
pas à rechercher s'il y avait un signe d'une importance quelconque pour lui (amas de lignes et
de points, d'aspérités et de surfaces, figure rêche,
rugueuse, parallèle à quelle créature, à quelle
rose épineuse d'imaginations ou d'événements ?)
car il s'introduisit sans hésiter dans le hangar
avant même que la plus minime goutte de pluie,
tombée des nuages qui devenaient à chaque seconde plus abondants, l'eût engagé à chercher un
abri, si dérisoire qu'il fût.

Aussitôt qu'il fut à l'intérieur, la scène chan-
gea... Je restai debout au dehors, ayant plus que
jamais conscience de la sinistre défroque vesti-

mentaire qui augmentait encore la pesanteur de ma
réalité humaine, toute magie semblant bien morte
pour moi ce jour-là et je n'eus d'autre ressource
que de coller mon visage contre la mince cloison
de bois, une de mes prunelles faisant face à
l'étroit intervalle qui séparait deux planches, de
manière à utiliser dans un but d'observation la
transparence de ce milieu aérien diaphane dont
le fossé coupait l'opacité de deux milieux plus
denses, tandis que le vagabond entré dans le
hangar redevenait l'unique acteur du drame.

La cabane était construite tout en longueur,
sorte d'interminable couloir menant à une très
petite porte faisant face à celle très lointaine par
laquelle était passé le vagabond. A terre, aucune
trace de mobilier, sinon, près de l'entrée, un ta-
bouret en forme de tronc de cône taillé dans un
bois noir dont les veines circulaires, superposées,
étaient toutes dans des plans parallèles à la base
du cône. Le vagabond s'assit sur ce siège et regarda.

Les murs poussiéreux étaient moitié ceux
d'une auberge, moitié ceux d'un château. Tout
le côté droit était occupé par une longue tapisserie, très usée et rapiécée, aux franges grignotées
par les dents des souris et des rats, mais encore
suffisamment colorée toutefois pour qu'il fût
possible de discerner ce qu'elle avait jadis représenté : des griffons, des chimères, des guivres, des

salamandres, des licornes et toutes sortes d'animaux fantastiques rassemblés autour d'un arbre
dont les fruits pétrifiés, légèrement ovoïdes, ressemblaient plutôt à des présents de Pâques qu'à
des masques de scaphandres. Sur le côté gauche,
de nombreuses vignettes étaient accrochées.

D'abord, une réclame du whisky *Johnnie Walker*,
avec le portrait d'un gentleman à petits favoris,
en habit rouge de l'époque des dernières diligences,
portant culotte blanche, bottes à revers, haut de
orme gris, et tenant une badine à la main. Loin
vers le fond, son rival le Cheval Blanc galopait
librement dans une chasse à courre, ayant probablement désarçonné son cavalier au saut de la
dernière rivière.

Ensuite venait (après plusieurs affiches recom-
mandant des produits de toute espèce) un paysage
italien, avec une Napolitaine pieds nus au premier
plan et à l'horizon le cratère fumant du Vésuve.
Une colonne brisée rappelait pompeusement le
temps et le désastre, mais la tête de la paysanne
n'en supportait pas moins allégrement une pleine
corbeille de fruits vivants.

Puis c'était une steppe couverte de neige que
traversait un traîneau tiré par une troupe de grands
chiens écumants, cependant qu'une multitude
d'yeux de loups luisaient sinistrement derrière,
crocs lumineux perçant une première proie d'obscurité.

Enfin, comme suite à ces banales images remar-
quables seulement par leurs ciels peints d'une cou-

leur bizarre, changeant de ton chaque fois qu'on
les examinait, une gravure plus curieuse était fixée
au mur par quatre clous, dont les têtes brillaient
d'un vif éclat, malgré la rouille qui les mangeait.
Cela représentait une très jeune fille, de quatorze
ou quinze ans peut-être, vêtue d'une courte com-
binaison de dentelle. Les baguettes ajourées de
ses bas se terminaient en fers de lance et à son
cou pendait une petite croix dont chaque branche
était un doigt qui, sous l'ongle, saignait légèrement. Elle était assise devant une machine à
coudre, près d'une fenêtre ouverte laissant apercevoir les rocs amoncelés d'un paysage rhénan, et
sur la lingerie qu'elle piquait se lisait cette devise,
brodée en caractères gothiques allemands :

Zerstörung
das hübsche Schulmädchen

Très longuement le vagabond regarda cette
image qui l'attirait plus que toutes les autres, à
cause de la beauté de la jeune fille, de l'élégance
de ses longues tresses et de l'extrême finesse de
l'inscription. Ainsi, une fois de plus, un chatoyant
collier de pierres sentimentales était devenu son
unique jouet, substitué pour lui à toute la diversité d'objets qui l'entourait.

Au dehors, la pluie d'orage commençait à s'a-
battre avec un grand fracas de verre brisé, mais

les yeux et les oreilles du chemineau ne remar-
quaient rien de tout cela, — ni la chute torren-
tielle de l'eau, ni la nuit maintenant presque
totale, ni le ciel verrouillé par la serrure des
nuages, ni les éclairs violents qui sans répit se
succédaient, sans que personne autre que moi pût
savoir ce qu'en fait ils étaient : des fragments
véritables de la carnation subtile qui parait Aurora, depuis qu'elle s'était changée en foudre.

Appuyé contre le mur de planches qui consti-
tuait le corps même du hangar, j'écoutais le tonnerre gronder, sans parvenir à déterminer si l'obscurité de ce son recélait des paroles discernables;
j'admirais les éclairs vertigineux dont la propa-
gation, soit en lignes brisées, soit en gerbes d'étincelles pareilles à des chevelures (qui elles aussi,
du reste, savent craquer sous le peigne lorsque
l'air est plein d'électricité), se trouvant contrariée
par les caps invisibles de l'air, revêtait justement
tour à tour ces deux formes, et je pensais à Aurora, à sa réalité fulgurante actuellement révélée
à mes yeux dans le triste éblouissement d'un
amour illimité mais par suite impossible, affreux
signe de feu dont la sèche brûlure finira bien un
jour par consumer jusqu'à mes os. Las de ce rôle
mesquin, que ne parvenait à éclairer d'aucune
lueur blafarde cette étrange mais trop lointaine
créature née, un jour de désespérance diluvienne,
dans un des replis les plus amers de ce qu'il est
convenu d'appeler mon cerveau, je regardais le
vagabond, seul être vivant qui se trouvât alors

avec moi dans l'enceinte d'Aigues-Mortes, mais
de seconde en seconde mes prunelles devenaient
plus incertaines et plus hagardes, tant j'étais im-
patient de voir toute cette fantasmagorie prendre
fin.

Derrière la lagune, la mer marmottait des
phrases toujours identiques à elles-mêmes, ha-
chées, défigurées par les bavures d'écume, mais
il m'était possible cependant de distinguer à peu
près ces paroles coupées par les détonations
sourdes qu'engendrait Aurora :

Le lin de la pensée (le lin de la pensée)
la prairie tiède d'une bouche aux contours moites
    (le lin de la pensée)
à l'heure où le corbeau creuse (le lin de la pensée)
son ravin de silence (le lin de la pensée)
ces cheveux de fumée sans nom (le lin de la pensée)
plus louches (le lin) que le cœur des serpents (le lin
    de la pensée)
comme un jardin d'aveugles (le lin le lin de la pensée)
la courbe rouge d'une bouche se ferme sur elle-même
    (le lin de la pensée)
isole la herse blanche (le lin) du lin de la pensée
polie comme un tombeau de neige (le lin le lin le lin
    de la pensée)
au balcon du sommeil la folle riait comme une comète
Genoux lorsque nous vous verrouillâmes.

J'avais beau me répéter cette chanson misérable, ni violence, ni mélancolie ne venaient colorer le spectacle et malgré la tempête croissante,
fureur ou amour d'Aurora qui, je l'espérais toujours, ferait s'effondrer le monde sous ses coups,

rien ne bougeait dans le hangar, ni la toiture, ni les cloisons de planches qu'on aurait pu croire pourtant si proches de s'écrouler.

Mais tout à coup j'aperçus, avec une joie mauvaise parce que j'en déduisis qu'à la fin quelque chose allait peut-être se passer, le vagabond qui se levait, laissant le cône tronqué sur lequel il était précédemment assis dresser son extrémité inexistante vers le plafond, puis marchait vers la porte située tout au bout du hangar, au moment même où je découvrais que deux objets pas encore remarqués étaient fixés à son battant : une perruque blonde aux boucles divinement déliées, doucereuses comme un gâteau de miel, et, pendant à côté, une chemise de nuit de soie blanche gardant encore l'empreinte du corps d'une femme très belle.

Le vagabond ne s'avançait qu'avec d'extrêmes difficultés, l'air étant devenu très visqueux à cause des effluves magnétiques dont il était chargé, maintenant que les nuages avaient touché au maximum de leur concentration. Il écartait d'épaisses draperies avec ses mains, tout un arsenal de drapeaux ligués contre lui avec leurs tissus et leurs hampes pour essayer d'embarrasser sa route, il avançait dans le brouillard de sa lenteur, perceur d'un coffre-fort magique trouant la muraille sale d'une foule mise là pour faire obstacle ; il ne pouvait mouvoir un de ses pieds que longtemps après l'autre, mais pourtant, malgré cette mollesse crispante, le dénouement ne se fit pas attendre bien longtemps.

Dès que la main du chemineau, ayant enfin atteint son but, se fut posée sur le bouton de cuivre qui commandait à cette minuscule porte dont l'huis devait conduire à quelle alcôve merveilleuse? du côté droit du hangar et sur toute sa longueur la tapisserie fanée, d'un seul coup, se déchira. En même temps un éclair d'une couleur sinistre se forma et l'univers entier vibra, touché jusqu'en ses moindres fibres par un cri d'une pureté délirante, sorti d'une gorge féminine plus courbe et plus tendue que toutes les plantes même vénéneuses... Et tandis que les tympans du vagabond se disloquaient, leurs membranes déchiquetées par le formidable coup de tonnerre qui simultanément éclata, l'éclair tomba droit sur son front, glissa verticalement contre son ossature, parcourut tout son corps en le criblant de mille coups d'aiguille, puis s'échappa par ses dix doigts sous forme d'aigrettes dorées, bouquets momentanés issus du fluide électrique d'Aurora. Alors toutes les cavernes de son corps s'élargirent comme des grottes de pierre lorsque leurs voûtes sont frappées pour la première fois par les torches luisantes et le bourdonnement vocal de ceux qui les explorent, une spirale d'acier se détendit puis se replia instantanément à l'intérieur de chacune de ses artères, et le monde s'écroula.

Mais cependant que le décor externe restait toujours planté devant les vagues falots d'étoiles qui constituent la rampe de ses tréteaux malpropres, je pus me rendre compte, d'après la rigidité qui

commençait déjà à l'envahir, que le vagabond,
mort de sa plus belle mort, venait de chausser à
l'instant les skis acérés du vertige; de sorte qu'au
moment précis où dans l'immense champ de neige
ardemment convoité il devenait un infime point
noir parmi les myriades de flocons d'Aurora, je
ne fus pas surpris de voir que, sur son front terrestre maintenant dur et blanc comme un marbre,
stèle funéraire hissée au-dessus du cimetière qu'a-
vait toujours été son corps, un nom d'apparence
féminine était inscrit. Je crus qu'il s'agissait d'Au-
RORA, nom délicat de celle dont l'amour devait de
toute éternité le tuer alors qu'il serait enfin sur
le point de la toucher, mais, étant venu près du
cadavre, je constatai que les lettres gravées ne
correspondaient pas toutes aux syllabes de ce nom.
Car ce mot (tracé par le bec d'un oiseau pas assez
prophétique, ou bien produit par un lapsus des
lèvres sombres de l'espace), ce mot était armé d'un
H comme le spasme du hoquet, ainsi que des deux
R qui font rouler le tonnerre de l'angoisse, et
s'écrivait, vocable extrait de quel latin décadent
et barbare :

HORRORA.

Depuis longtemps Aigues-Mortes entière était plongée dans une nuit de café noir et contre ses remparts une hideuse cartomancienne battait ses cartes, celle qui confond toujours TOUJOURS avec JAMAIS, jamais JAMAIS avec TOUJOURS, et ne peut prononcer «vagissement» que «malheur», tant elle est édentée.

Je réfléchissais à ce que j'avais vu et, regardant au-dessus du hangar transformé en charnier l'étoile polaire briller vaguement comme la pointe ironique du glaive de Paracelse, je songeais au prénom Aurora, attaché au destin de cette étonnante fille que les derniers lambeaux de nuages emportaient maintenant vers un gratte-ciel construit, avec quel inaltérable ciment? au bord d'un continent extraordinairement stable et clair bien que fuligineux, et je me rappelais qu'en latin le mot *hora* signifie « heure», que le radical *or* figure dans *os*, *oris* qui veut dire « bouche » ou « orifice », que c'est sur le Mont *Ararat* que l'arche s'arrêta à la fin du déluge, et que si Gérard de Nerval, enfin, se pendit une nuit dans une ruelle perdue du centre de Paris, c'est à cause de deux créatures semi-fantomatiques qui portaient chacune une moitié de ce nom : Aurélia et Pandora.

La tempête s'était complètement apaisée et j'étais enveloppé par la nuit maintenant très calme, sale comme une suie et composant vraiment un suaire, à condition qu'on voie dans ce dernier mot la désignation moins d'une étoffe blanchâtre que d'un chiffon obscur destiné simplement à essuyer la

sueur des morts. Les astres, dans leurs combinaisons machiavéliques d'attraction, pendaison et
répulsion, ne scintillaient que faiblement, mais
j'avais pour m'éclairer l'incandescence de la mer,
peuplée d'un fourmillement d'animalcules qui masquaient tout de leurs rayons. Les sables mouvants,
les flaques, les marécages, les fondrières reposaient,
repliés sur eux-mêmes comme des silences bour-
beux d'anachorètes, et nul reflet ne trahissait leur
impitoyable sommeil, car le cloaque universel,
bien qu'il fût partiellement nié par le halo des
vagues phosphorescentes, noircissait tout de ses
bubons.

Des cris ne montaient de nulle part. Des sons
d'horloges encore moins. Pas un bruissement humain, ni froissement de nageoire ou d'oiseau, pas
un fouissement de taupe ou criaillement de rat
qu'un piège étrangle, pas un frissonnement d'arbre ou frottement de pierre à pierre, de canal à
ruisseau, aucun soupir prolongeant le grincement
produit par l'ouverture d'une porte d'ombre ne
venait s'affaisser au bord de mes oreilles, messager exténué envoyé dans sa course sonore par le
monde extérieur. Sauf le crissement léger que
faisaient, en glissant l'un sur l'autre pour obéir à
chacun de mes mouvements, les tissus disparates
qui composaient les diverses couches de mes vêtements, je n'entendais plus rien, pas même les
derniers (mais maintenant trop lointains) coups
de tonnerre de l'orage évanoui, pas même les ultimes répercussions du mouvement créé dans l'air

par le cri prodigieux qu'Aurora avait poussé.
Tout se noyait dans le mutisme, s'amortissait de
gélatine. L'univers inlassable persistait à dormir,
les poings fermés dans sa médiocrité. Nulle cicatrice des orages passés n'aiguillonnait son insensible peau. Un vague mouvement de va-et-vient,
peut-être celui de sa coque tanguant et roulant
sur les flots mous et incolores d'une incurable éternité, n'avait d'autre résultat que d'augmenter
encore la profondeur de son sommeil, comme est
accru celui d'un enfant nouveau-né quand des pa-
rents pires que coupables, s'imaginant faire acte
de tendresse, le bercent au lieu de l'asphyxier.

Il me fallait commencer à comprendre qu'aucun cataclysme ne viendrait, du choc de sa mas-
sue d'éther, ruiner l'infecte cathédrale qui s'élève
au-dessus des cryptes souterraines dont la cachette
est plus secrète encore que celle de la matière,
qu'à jamais je serais lié au poteau des idées
forcément ancillaires, parce que rien, sinon cette
destruction du monde, ne pourrait me délivrer de
l'horrible nasse baveuse dont les joncs relatifs
s'étaient croisés autour de moi, comme des gril-
lages de prisonnier, à la minute où la sorcière des
naissances m'avait fait vivre malgré moi, me
jetant corps et âme entre les rouages de cette affreuse machine grâce au truchement d'une semence
éphémère.

Ainsi, la guillotine de l'univers demeurerait dres-
sée avec ses montants rouges. Impossible d'échapper à son implacable lunette, puisqu'au moyen

des deux droites parallèles entre lesquelles est découpé ce cercle, l'omnipotence rationnelle affirme hautement son intention de continuer à s'exercer en permanence, dans sa pâleur géométrique plus répugnante qu'un cristal de carafe, lorsqu'une eau fade et croupie, éternellement, y est versée.

J'interprétais ainsi la leçon du silence et j'essayais de faire aussi fine que possible la peau de mes tympans afin qu'ils fussent capables de vibrer au contact du moindre bruit, lorsque sur deux points opposés de la terre — l'un à l'est, l'autre à l'ouest — un faible remuement se produisit.

Ces deux perturbations, intervenant au moment même où je reconnaissais qu'il n'y avait plus à conserver aucun espoir de fin du monde, ni d'un bouleversement quelconque capable de faire gicler, sous son marteau d'éclairs, le sang des relations, — ces deux minimes dénivellations de la steppe uniformément plate animée par les seuls lichens de l'ennui dont les rameaux stuqués se coulent dans les moules désespérément creux de l'absence d'événements, me gonflèrent aussitôt d'un fluide plus léger que celui qui arrondit l'enveloppe des aérostats, jusqu'à ce que la déception, en coup de foudre, fût venue crever brusquement ma ridicule sphéricité, puis la jeter plissée comme une peau de vieille femme et captive encore une fois des mailles d'un filet. Car dès que j'eus déterminé la nature véritable des deux accidents en question,

je dus me rendre pieds et poings liés à l'évidence
et m'assurer que la partie était décidément bien
ancrée dans le port de sa perte.

D'une part, du côté du couchant, la mer s'était
creusée de larges cercles concentriques qui abo-
lissaient toutes les vagues et faisaient de proche
en proche cesser les phénomènes phosphorescents.
D'autre part, du côté du levant, un haut tourbillon de sable s'était formé et s'avançait comme
une large colonne, obturant peu à peu l'horizon
de sa blancheur rayée de noir par les rainures qui
menaient aux torsades d'un chapiteau de poussière
sculptée.

Lorsque, le remous aquatique ayant atteint
toute son ampleur, le diamètre du plus grand de
ses cercles fut approximativement égal à la distance qui séparait la rive de l'horizon, un point
rouge vif commença d'apparaître lentement, marquant le centre exact du tourbillon d'une tache
sanglante d'abord indécise comme une branche de
corail, puis nette, tranchante, aiguë autant que l'est
le rouge d'un bonnet phrygien quand on le porte au
bout d'une pique. Ce pivot coloré semblait com-
mander au mouvement des ondes concentriques
et l'avoir dès longtemps provoqué, alors même qu'il
était invisible, mais il ne garda que peu d'instants
cette forme de tache et, ayant émergé complètement, se révéla bien autre chose qu'un pivot.
Le point rouge, en effet, ne faisait que surmonter
une longue silhouette blanche, salie d'algues et de
coraux, émaciée par le sel de la mer et brunie par

le soleil des vases lorsque les rayons de cette masse
tentaculaire prennent pour véhicule de leur lumière boueuse les coquilles qu'y ont enfouies d'informes animaux. Cette figure grandissait à vue
d'œil, absorbant un à un les remous circulaires
dont elle aurait pu paraître se nourrir, et son
grand buste de fantôme se trouva bientôt hissé
dans l'air à bonne hauteur, au-dessus de deux
longues jambes que masquaient les paniers d'une
sorte de tunique blanche. En même temps le
tourbillon se résorbait, la boursouflure des cercles
par degrés s'aplanissant, de sorte que, d'une part
les circonférences les plus voisines du centre étant
mangées par la figure, d'autre part celles de la
périphérie disparaissant d'elles-mêmes, tuées pro-
gressivement par la diminution de leur relief, la
silhouette blanche crêtée de rouge domina, au
bout de quelque temps, une étendue tout à fait
plane, — miroir marin sur la nudité mathématique duquel je reconnus alors que se tenait debout, drapé dans ce qui lui restait de ses oripeaux
sacerdotaux, Damoclès Siriel.

Mais tandis que cette figure du hiérarque assas-
sin émergeait ainsi de la mer dans l'abîme de laquelle elle était engloutie depuis des siècles, un
phénomène non moins curieux faisait face à celui-
ci du côté de la terre ferme, — fuite hors des
limbes lui aussi, mais hors des limbes souterrains.

Une colonne de sable s'était donc avancée, venant de l'est, et sur son fond blanchâtre on
distinguait les stries noires parallèles qui, comme

des rails, conduisaient le regard vers les volutes
la surplombant. Lorsque ce pilier fut suffisamment
proche et le sable qui le formait convenablement
aggloméré, la colonne apparut dans toute sa dureté, effaçant même jusqu'au souvenir du tourbillon qui l'avait engendrée. Devant l'écran clair
constitué par la colonne dont elles faisaient partie,
les verticales noires remuaient et se mêlaient, pareilles aux ombres projetées sur le sol par les barreaux d'une grille, quand deux coureurs munis de
lampes s'élancent l'un vers l'autre et se croisent,
chacun ayant suivi une ligne droite parallèle à la
grille, selon des sens inverses. Ce chassé-croisé des
rainures sombres qui se coupaient les unes les autres, puis reprenaient pour un très court instant
leur position première, dura jusqu'à ce que les
évolutions des coureurs supposés les eussent amenées à se grouper en une figure privilégiée dont
les traits principaux apparaissaient comme suit :
sur la portion supérieure de la colonne, une sorte
d'énorme V noir, formé par un grand nombre de
rainures presque rigoureusement superposées (la
pointe du V, très aiguë, montrait qu'ici la coïncidence avait été parfaite, mais les deux branches
ascendantes, qui toutes deux allaient s'épaississant, indiquaient ainsi qu'à partir de la pointe où
elles étaient exactement unies les rainures diver-
geaient légèrement), et plus bas, sur la partie inférieure du fût, deux fines verticales noires, placées
chacune d'un côté, comme la ligne qui dans un dos-
sin cerne un objet afin de l'isoler du milieu ambiant.

Lorsque cette figure eut acquis une certaine
fixité, la colonne se rapprocha encore sensiblement,
et je vis qu'elle allait à la rencontre du spectre
de Damoclès Siriel, qui marchait maintenant sur
la lagune, dans la direction du vieux hangar de
planches à l'intérieur duquel gisait la dépouille
du vagabond. C'est devant la porte de ce bâtiment
que les deux mobiles se rejoignirent et je reconnus alors, la colonne étant toute proche de moi,
que le tracé noir dont elle était marquée n'était
autre que le V de soie noire et la double ligne de
même tissu qui composaient les revers et les bandes de pantalon de ce clair vêtement de soirées tro-
picales qui avait été jadis la parure distinctive de
l'homme au smoking blanc. Une tache couleur de
rouille évoquait la rose fraîche qui ornait autrefois sa boutonnière de sa pulpe étonnante; deux
galets obscurs et luisants, au pied de la colonne,
brillaient comme la peau sans craquelures de deux
souliers vernis très élégants, et quant aux volutes
compliquées du chapiteau sculpté, elles ne pouvaient s'identifier qu'avec la face mordue et rava-
gée surmontant la stature de cet homme qui
s'était enfoncé jadis dans les couches mystérieuses
de sable qu'on appelle Soubassement-du-Désert,
tandis que s'effectuait devant ses yeux la volcani-
que métamorphose d'une pyramide teinte de flammes et de sang.

Les deux fantômes s'étant réunis, à peine sortis
de leurs ténèbres, ils pénétrèrent silencieusement
dans le hangar, avec leurs vêtements souillés et
par endroits troués, portant les traces des brûlures
intérieures qui les avaient rongés — foyer latent
des minerais cuprifères ou bien salive douceâtre
des lames de fond, bourreaux tous deux plus sûrs
que les brasiers les plus tenaces — alors qu'ils
pourrissaient dans la noirceur de leur exil lointain,
sous les couches amoncelées de la terre ou de la mer.

Mal abrité par le toit goudronné, dont de pauvres lambeaux ne couvraient qu'en partie le
hangar, seuls résidus laissés par les ravages violents de la tempête, le cadavre du vagabond ache-
vait de se raidir, couché à terre, les bras collés le
long du corps et les jambes écartées, ressemblant
par sa pâleur sinistre et sa chair pétrifiée à la statue dénuée de socle faite à l'image des suppliciés.
Des deux chaussures rugueuses, pas un morceau
n'était resté, sauf quelques clous dont une parcelle du sol paraissait constellée. Les mailles de la
vêture grossière avaient été totalement consu-
mées. Entièrement nu, le cadavre gisait sur le dos,
les doigts de sa main droite crispés sur la reliure
d'un livre aux pages presque toutes brûlées, mais
sur son front était visible encore, gravée profon-
dément sur ce cartouche de pierre, l'inscription
qu'avant une étreinte plus pénétrante et plus glacée les lèvres de la foudre, armées de leur burin
ardent, avaient tracée.

Sans inutiles précautions, Damoclès Siriel et

l'homme au smoking blanc s'emparèrent du cadavre. L'ayant soulevé comme une poutre, ils sor-
tirent avec lui du hangar, les mains de l'un sou-
tenant la tête, celles de l'autre les pieds. Puis,
sitôt franchie l'enceinte d'Aigues-Mortes, ils ˙se
retrouvèrent sur la lagune déserte et, sans abandonner leur fardeau, la parcoururent suivant une
bonne partie de sa longueur.

Autour de leurs oreilles spectrales, langoureusement le vent dansait; mais sur l'air que la mer
sifflotait avec son infernale et fastidieuse monoto-
nie, il n'était plus possible d'adapter des paroles,
Aurora étant remontée pour toujours dans ces
nuages qui fuyaient, chassés par son tourment.
Au-dessus d'eux, la lune recourbait sa corne
transparente, pareille au coude de verre de la
cornue d'un alchimiste, tandis que les astres
échafaudaient leurs grimoires surprenants. A pas
très lents, Damoclès Siriel et l'homme au smoking
blanc avançaient, semblant n'avoir aucun souci
de leur charge macabre, dont les yeux déjà opaques ne miroitaient que vaguement, comme les
sécrétions de deux étranges mollusques.

Arrivés devant la plus vaste et la plus puante
des fondrières, les deux fantômes s'arrêtèrent. Ils
déposèrent brutalement leur faix sur une surface
de sable humide et jaune et, comme ils se trouvaient face à face, leurs regards se croisèrent un
instant. Alors, ils échangèrent à voix basse quelques phrases dont des bribes seulement me parvinrent :

— ... finir par un vol clairvoyant...

— ... la nécessité du mur...

— ... l'escalope, la tripaille...

— ... fondre les ongles du vautour...

— ... incessamment il se pourrait...

— ... absurde...

— ... oui, mais peut-être...

— ... chemin putride.

Leur conciliabule terminé, ils retroussèrent sans hésiter les manches tachées de leurs guenilles, soulevèrent à nouveau le cadavre, puis, après l'avoir balancé vigoureusement durant un certain temps, le lancèrent aussi haut et aussi loin qu'ils purent, vers le centre de la fondrière.

Le cadavre s'éleva d'abord dans les airs en sifflant comme une flèche. Une seconde il resta suspendu entre ciel et terre, puis, retombant la tête en bas, il s'enfonça jusqu'au niveau des hanches dans la mollesse brunâtre de la fondrière, la bouche et les oreilles se remplissant immédiatement de vase cependant que les jambes, qui surnageaient à cause de leur intact écartement, demeuraient braquées vers le zénith, aussi rigides apparemment que les deux branches d'un lance-pierres lorsque, le projectile étant parti, l'angle de son Y sous-tend le firmament.

Malgré les engrenages du vent, les dents du sel et les couteaux solaires, toute une éternité le corps du vagabond était resté ainsi, dans son immuable position de demi-enlisé dont le torse seul est englouti, orienté vers une vie souterraine. Toute une éternité, le mort était resté ainsi, en proie aux pluies et aux marées, et Damoclès Siriel autant que l'homme au smoking blanc avaient disparu depuis longtemps — regagnant, par la même voie qu'ils en étaient venus, leur cachette mortuaire — lorsque ses os, sans bruit, se dénudèrent. Une à une les cellules de chair s'effondrèrent et jonchèrent le sol alentour de leur poudre de plâtras. Des bourgeons s'étaient sans doute formés sur les gencives marbrées; l'inscription elle-même avait dû s'effacer, et ses lettres en creux devaient s'être comblées, bouchées par une boue plus solide qu'un mortier. Le hangar, dans la ville, n'était plus composé que d'une planche vermoulue, l'air empestait le renfermé et les vagues de la mer, dont l'écume tournait en moisissure, n'étaient plus que des champignonnières. Seuls les tibias restaient inexorablement dressés, car leur fourche de malédiction devait survivre à toute poussière.

D'un œil morne, j'observais ce spectacle, m'apercevant trop nettement qu'il durait depuis des siècles, et, de plus en plus frénétiquement, je m'ennuyais... A la fin, j'en avais marre de tout ça ! C'était éternellement pareil, aucun prodige ne déflagrait; les jurons jaillissaient de ma bouche,

avec des obscénités, des imprécations, des crachats. Il fallait à tout prix foutre le camp de là;
mais cependant j'étais rivé comme un piquet.

D'innombrables saisons passèrent. J'eus le temps
d'assister à près de mille tempêtes, toutes fausses,
et dont les pires éclairs n'étaient pas plus gênants
que des moustiques. Les remparts d'Aigues-Mortes
finirent de s'affaisser en ruines et furent même,
un beau jour, reconstruits. Des travaux d'assè-
chement anéantirent sables mouvants et fondrières. Une digue de ciment recouvrit et mura
les jambes menaçantes du vagabond. Plusieurs
lignes de grande navigation ressuscitèrent la mer
momifiée, détachèrent ses champignons et les
changèrent en méduses, poétiquement. Un hôtel
somptueux fut bâti sur l'emplacement du mystérieux hangar. Une riche existence industrielle
commença.

C'est alors que, sortant de la salle de jeu la
plus magnifiquement illuminée d'un casino plein
de dorures qu'on avait, le soir même, sur cette
plage, inauguré, et relevant par crainte de la
fraîcheur le col d'un ample pardessus de coupe
anglaise, j'allumai d'un seul coup de briquet un
odorant cigare et marchai vers la mer.

Quelques couples autour de moi se promenaient
en flirtant. J'entendais le froissement de leurs
mains, leurs phrases brèves et légères, leurs rires
étouffés. Trop absorbés par leurs propos, ils ne
faisaient attention à aucun de mes mouvements.
Des orchestres lointains exécutaient des mélodies

absurdes et cela ne faisait qu'accroître ma fureur.

Aussi, quand je fus arrivé au bord de l'eau et
que l'extrême bavure des vagues commença à dé-
tériorer le bout de mes chaussures, je ne m'arrêtai pas. Sans ralentir le moins du monde ma démarche, ayant simplement soin d'éteindre mon
cigare dont les cendres éparpillées se mélangèrent
avec le sable, je pénétrai tranquillement dans la
mer.

Les derniers bruits du casino, le cliquetis des
chances dans la cuve de la roulette, le passage
des oiseaux égarés, rendus fous par la lumière, les
adieux tristes de ceux que l'infini d'une nuit allait
à jamais séparer, les coups de trompe lancés par
les automobiles roulant à toute allure près des
artères ferroviaires, le halètement des locomotives
vouées à l'esclavage des parallèles utilitaires, toutes
ces rumeurs assiégeaient mes oreilles, tandis que,
lentement, je descendais la pente de sable, chaque
pas m'enfonçant un peu plus dans la mer.

Lorsque l'eau eut atteint la hauteur de mon cou,
mes pieds quittèrent d'eux-mêmes le sol, mon-
tèrent à la surface comme de légers ludions, sans
que ma tête fût submergée, de sorte que je me
trouvai allongé sur le dos, flottant à la dérive,
semblable au nageur qui fait la planche pour
calmer sa fatigue.

Cette position horizontale, analogue à celle de
la flèche en mouvement, me fit le jouet de tous
les courants. Des marées basses m'emportèrent,

charriant mon corps comme un glaçon. Epave charnelle, radeau vivant, tous les océans me roulèrent. Des oiseaux picorèrent mon visage, en même temps que des poissons cognaient leurs branchies à mes flancs et que d'autres, avec leurs éventails d'écailles, me caressaient. De sanguinaires hélices frôlèrent mes mains de leurs couteaux aveugles.

Enfin, après un long et épuisant trajet, j'entrai un beau matin dans l'estuaire de la Seine. Malgré le sens inverse du courant, je remontai le fleuve, traversant Rouen, Vernon, Bonnières, Saint-Cloud, et combien d'autres villes ! J'étais parti pour remonter jusqu'à la source. Mais le poids de mes vêtements mouillés était devenu si grand qu'il fallut bien, l'élan initial ayant été perdu, que mon voyage prît fin.

Je m'arrêtai près du pont Notre-Dame, un jour d'hiver. Mon corps transi, alourdi par le froid, vint s'immobiliser contre un des gros anneaux métalliques qui pendent à la berge de pierre. Dominant le bruit funèbre que je fis en heurtant ce monstrueux morceau de chaîne, une sirène de remorqueur, taillant le ciel comme un miroir, me découvrit alors quel était mon état :

sur ma poitrine, la dernière feuille tombée, avec ses bords non dentelés, se putréfiait comme un cœur rouge;

au petit doigt de ma main gauche, pareille à un joyau la bague de mon fastueux cigare était fixée et, bien que la durée prolongée de son séjour dans l'eau eût partiellement effacé ses couleurs, je pouvais lire, en or terni sur fond rouge délavé :

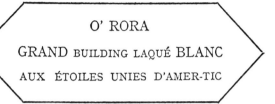

O' RORA

GRAND BUILDING LAQUÉ BLANC

AUX ÉTOILES UNIES D'AMER-TIC

Plus loin de moi, assez haut vers la droite, mon regard vitrifié était accroché au sommet de la flèche de Notre-Dame, temple qui ne fut construit ni par Sémiramis ni par la Reine de Saba, mais sur les pierres duquel on dit que sont gravés les principaux secrets de Nicolas Flamel, plus énigmatiques encore que ceux de Paracelse.

. . . .

1927-1928.

FIN

DU MÊME AUTEUR

Dans la collection « Quarto »

MIROIR DE L'AFRIQUE

Littérature

À COR ET À CRI.

Aux Éditions Denöel/Gonthier

CINQ ÉTUDES D'ETHNOLOGIE *(Tel/Gallimard, nᵒ 133).*

*Ouvrage reproduit
par procédé photomécanique.
Impression Bussière Camedan Imprimeries
à Saint-Amand (Cher), le 20 mars 1997.
Dépôt légal : mars 1997.
Premier dépôt légal : mai 1977.
Numéro d'imprimeur : 1/772.*
ISBN 2-07-029647-4./Imprimé en France.

81425